KB108426

사
랑
의 노
래

사랑의 노래

발행일	2017년 6월 30일

지은이	이 규 호		
펴낸이	손 형 국		
펴낸곳	(주)북랩		
편집인	선일영	편집	이종무, 권혁신, 송재병, 최예은, 이소현
디자인	이현수, 이정아, 김민하, 한수희	제작	박기성, 황동현, 구성우
마케팅	김회란, 박진관		

출판등록 2004. 12. 1(제2012-000051호)
주소 서울시 금천구 가산디지털 1로 168, 우림라이온스밸리 B동 B113, 114호
홈페이지 www.book.co.kr
전화번호 (02)2026-5777　　　　　　　　　팩스 (02)2026-5747

ISBN 979-11-5987-645-5 03810(종이책) 979-11-5987-646-2 05810(전자책)

(주)북랩 성공출판의 파트너
북랩 홈페이지와 패밀리 사이트에서 다양한 출판 솔루션을 만나 보세요!
홈페이지 book.co.kr　·　**블로그** blog.naver.com/essaybook　·　**원고모집** book@book.co.kr

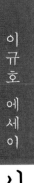

이규호 에세이

사랑의 노래

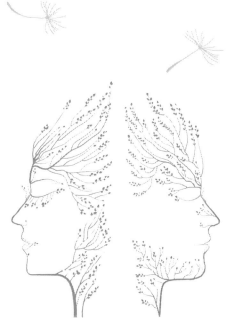

북랩 book Lab

풍차로 달려드는 돈키호테는 무모한 도전을 한 것이었다. 내가 책을 내는
것도 바보 같은 일일지도 모르지만, 시간을 보낼 때면 메모하고 싶은 것들
이 있다.

　권투할 때 선수는 눈을 감으면 안 된다. 한 여자에게도 잉태를 시키지 못
했다는 어느 시인의 한탄. 시란 어느 측면에서는 비극의 조명이 되어야 한
다. 비극적인 스토리가 우리를 정화시킨다고 하지 않았던가. 일찍이 그리스
비극에서 "태어나지 않는 것이 최선이고, 일찍 죽는 것이 차선이다"라고 한
것은 지극히 소피스트적인 말이지만 태양 아래 새로운 것이 없다는 말처럼
2,000년을 전해온 말이다.

　'고장난 시계'에 대한 시가 있었다. 시계가 멈춰 있으니 똑같은 시간에 자고
똑같은 시간에 먹고 똑같은 시간에 일어나는데… 그래도 시간은 간다. 나는
어디로 가는가? 지옥으로 가는 길은 선의로 포장되어 있다는데.[1] 나도 결국
사랑하는 가족들과 헤어져야 하지만, 이미 어머니와는 헤어졌지만.

1　새뮤얼 존슨, "지옥의 문은 선의로 포장되어 있다."

대중가요 중 발라드엔 사랑보다 이별 노래가 많다. 사람들은 당신의 성공
보다 실패에 더 관심을 가진다. 그래도 삶은 긍정의 에너지가 넘치는 사람
들에 의해서 활기가 넘친다.

그 사람들에게 이 책을 바친다.

2017년 6월

이규호

知性은 도덕의 範疇에 속한다는데

자기 자식을 자랑하는 아버지는 不出이라고 합니다.

그래서 모든 부모는 자식에 대해서는 불출입니다. '너 죽고 나 살기'로 이기적입니다. 군대에 보내고도 훈련소 옆에서 자식을 감시하는 부모가 있다고 합니다. 자식을 내 분신이나 내 소유로 계속 생각하는 거지요. 자식이 성년이 되었는데도 어리게만 봅니다. 무슨 생각을 하는지 어떤 책을 읽는지 잘 모릅니다.

영어 토익은 몇 점 맞고 전공은 어떠한지 관심을 가지지만 성년이 되어서도 초등학교 때 내 자식입니다. 그러다 어떤 날 갑자기 자식이 쓴 글을 읽고 놀랍니다. "미네르바의 부엉이는 황혼녘에 날개를 편다." 알 듯 모를 듯한 신화를 인용한 헤겔의 책은 언제 읽었으며, 史記나 古典의 深奧한 片鱗을 나름대로 찾아 읽었다는 것을 알게 해 줍니다. 오늘을 사는 우리들은 溫故知新하는 자세로 길이 아닌 길도 걸으면서 새로워져야 합니다. 감성은 넘치나 지성이 빈약한 삶은 때때로 우리를 부끄럽게 합니다. 우리가 이미 알고 있고 널리 인정받는 진리를 명쾌하고 기억하기 좋은 말로 표현해 보는 아포리즘, 자기가 이미 오래 전부터 써 온 시, 에세이로 표현되는 글들이 사랑과 지성이 있는 젊은이에 의해 한 권의 책이 되었습니다. 지성은 도덕의 범주에 속한다고 합니다. 도덕적이고 좋은 사회가 되기 위해서는 경제, 사회, 문화, 종교에 이르기까지 개인 하나하나의 지성이 크게 중요하다고 봅니다. 행동을 좌우하는 보이지 않는 손은 깨끗한 영혼이 작용해야 합니다. 많은 이들의 공감을 얻기를 소망합니다. 젊은 이규호의 지성을 평가합니다.

2017년 6월

이석종

축
헌
사

아포리즘(aphorism)은 웅숭깊은 사유(思惟)의 긴 호흡 끝에 마침내 돌올(突兀)한 시퍼런 창끝과 같은 존재이다.

너무나 날카롭고 단단해 비루한 일상의 나태(懶怠)를 콕 찌르기에 적격이다.

파르라한 감수성을 벼린 이규호 시인은 온 영혼의 무게로 창을 던진다.

2017년 6월

고승철 소설가

목차

시 • 77

습필 • 161

영어 명언 • 179

이 글은 나의 생각과 받은 명구를 모은 메모이다.

아
포
리
즘

강물

인간은 더러운 강물과 같다. (니체) 모든 강물은 바다로 간다. 바다로 가서 파도가 된다. 바람에 파도가 일렁인다. 달의 인력이 파도를 출렁이게 한다. 인간도 시간의 강물과 함께 흘러간다. 시간이란 강물은 파도가 되지만 인간은 바다에 이르기도 전에 멈추는 짧은 강인지 모른다. 바다는 인간이 가고자 하는 꿈. "인생은 괴롭고 추악하고 그것마저 짧다[2]"라고 누가 이야기했던가. 어린아이를 보면 긴 시간의 여정이 느껴지지만 뒤돌아보면 순간. '나'라는 강물은 어디쯤인가. 인간은 스스로 깨끗해지기 위해서 바다로 가야 한다.

2　홉스 말의 변주

인간도 시간의 파도와 함께 출렁인다. 태어난 아이를 보고 죽음을 생각하는 사람은 없다. 만약 있다면 그는 괴짜이다. 그러나 메멘토모리(Memento mori), 죽음을 기억하라. 죽음을 생각할 때 인생은, 그러니까 인생은 한바탕 꿈 같은 것인데 무엇하러 삶을 수고롭게 하리. 그러나 인생에 있어 쉬운 게 없듯, 묵묵히 자기 일을 해야 한다. 밥벌이를 해야 한다. 진실은 저 바닷속이 아닌 현실 바로 곁에 있기에. *인생은 이를 사느니 차라리 꿈을 꾸는 것이 낫다.* (이병주)

행복

나는 나의 불행을 너의 행복과 바꾸고 싶지 않다. 누가 과연 행복할까? 신의 창조 계획에 인간의 행복이란 애초에 없었다는데. *나의 인생도 조국의 역사도 실패의 연속이었다. 그러나 다행인 것은 그 실패가 나를 더욱 강하게 만들었다는 것이다.* (김산) *나를 죽이지 못한 것은 나를 더욱 강하게 할 것이다.* (『차라투스트라는 이렇게 말했다』, 니체) 인생에서 행불행을 논하지 말라. 누군가 웃을 때 누군가는 우나니. *莫論喜非 人生事, 他人笑時 或人淚(막론희비 인생사, 타인소시 혹인루)* (정몽주)

행복은 주관적 감정이다. 난 지금 행복한가? 행복은 누리고 불행은 견디라던 우리의 고전!

그리고 헬렌 켈러, "나는 오늘 행복을 선택한다."

중독

인간은 무엇인가에 중독되어 살아간다. 술, 담배가 아니라면 그 무엇인가. 중독은 반대급부로 정확히 그 쾌감만큼 대가를 요구한다.

그래서 세상에 공짜는 없다. 부모님의 사랑마저 지독한 그리움으로 남는다. 너에게 중독되어 간다. 술, 담배만큼 금단현상이 있을지는 모르지만.

꽃

꽃이 진다. 나도 그만 눈을 감네. 꽃이 떨어지는 안타까움의 발로인가. 낙화는 꽃의 절정이다. 눈을 감으면 편안해진다.

아이러니하게도 잠은 삶에서 가장 편안한 시간이다. 자려고 사는 것은 아닌데. 누구나 휴식이 필요하다. 꽃도 쉬기 위해 떨어진다. 그러니까 꽃은 지기에 아쉬운 것이고 아름다운 것이다. 화무십일홍(花無十日紅)으로 짧은 봄을 안타까워하지만. 나도 가끔은 누군가에게 꽃 한 송이 주고 싶었는데.

만남

글, 글을 쓴다. 시도 소설도 수필도 아닌 글을 쓴다. 나는 시인도 소설가도 수필가도 아니기에. 그저 살아가면 되는 것처럼.

글도 한 권의 책으로 만들어질 것이다. 인생은 한 권의 책으로 만들어지기 위해 사는 것이기에.

사랑

고흐는 사랑에 실패했다. 그래도 해바라기를 그려야 한다. 이 대목이 중요하다. 해바라기를 그리는 것. 사랑에 실패함은 인생에서의 실패인지도 모른다.

그는 그러나 대부분의 사람이 이루지 못하는 것을 이뤘다. 나의 사랑은 길게 돌아와 늦게 도착하였다. 나는 무엇을 그릴 것인가? 붓이 아닌 나의 펜으로.

나는 고흐가 사랑받는 것은 그의 그림보다 극적인 삶 때문이라고 본다.

예술가는 그의 작품이 아니라 삶 전체로 예술을 하는 것이다. 압생트란 술을 마시는 것! 고흐는 사랑에 실패했다. 그것은 인생의 실패를 의미하는지도 모른다. 그러나 해바라기를 그려야 한다. 그리고 해바라기를 그렸다. 강렬한 햇빛을 쫓는 해바라기를…

성공 1

어쩌면 성공할지도 모른다. 그러나 반드시 죽는다. 그럼 마찬가지 아니냐. 인생필패. 그래도 남들처럼 살아봐야지. 결혼도 하고. 평범한 삶. 다들 아등바등 살아간다. 나 역시 그러하다. 내가 특별한 것은 누구나 특별하기에 가능하다. 세상을 돌아다니다 고향에 와서 원하는 것을 찾다. 그 고향은 지루하지만 편하다.

난 나의 사랑을 고향에서 찾았다.

어쩌면 성공할지도 모른다는 것은 『아돌프』의 작가 콩스탕이 한 말, 그리고 이병주 소설, 그리고 수많은 소설. 이 세상에 태어났다는 것만으로도 지금 이 순간 편안하다는 것만으로도 무한한 감사를 드려야 하는 것이겠지만, 남들과의 비교를 떠나 예전의 나와 지금의 나는 무엇이 달라졌는가? 미래가 중요하고 현재는 선물이라는데, 우연히 성공할지 모르는 그것을 희망하는 것은 인생에도 도박의 요소가 있는 것 아닌가? 또한 그 희망은 많은 경우 덧없는 것 아닌가? 그러하기에 결과보다 과정이 중요하다는 것을 시간이 지날수록 느끼는 것인데 시를 쓸까 아니면 내 스스로 시처럼 몰락할 것인가!

일상

행복이란 말은 추상적이다. 다른 말로 관념적이다. 여유라고 정의해보자. 마음의 여유. 일에 얽매여 살아간다. 반대로 일이 없는 백수는 취직에 마음이 쫓긴다.

생존전선에서 아등바등 살아가는 데에 삶의 진실이 있다. 삶의 진실은 진흙탕에 있는 것이다.

"희망을 가지고 기다리라"고 『몽테크리스토 백작』은 가르친다.

그는 결국 억울한 누명을 벗어난다. 그저 소설 속의 인물일지라도 울림이 있다. *좌절하기는 쉽고 희망을 가지기는 어렵지만 용기 있는 자는 어려운 상황 속에서도 희망을 발견한다.* (이병주) 때론 체념이나 포기가 편하고 빠르다. 그저 운명이라고 받아들이고, 하루를 맞이할 밖에.

이후 몽테크리스토는 하나의 플롯을 남긴다. 어려움을 겪는 주인공, 그리고 복수. 이 플롯은 많은 영화에 이어진다.

삶은 영화와 같지 않아. 훨씬 힘들지.

Life isn't like a movie. It's much harder. - 영화 '시네마천국'

꿈

  인생은 이를 사느니 차라리 꿈꾸는 편이 낫다. 가끔 꿈이 생각나는데 이내 잊어버린다. 장자는 "나비 꿈을 꾸는 것이 나비로 사는 것과 크게 다르지 않다"고 했다.

  일장춘몽! 어머니가 돌아가셔서 하늘나라에 계시니 어머니를 만나려면 기억 속이나 꿈속에서일 것이다. 형제자매 얼굴에서 엄마 얼굴을 찾을 수도 있으련만. 남들은 닮았다 하지만 나는 모르겠다. 꿈을 간직한 친구가 있었다. 그러나 꿈만 먹고 살 순 없기에 취업전선에 뛰어들었다. 나의 꿈은 이 글이 한 권의 책으로 나왔으면 하는 것이다. 그래서 단 한 사람이라도 위로하는 것이다. '단 한 사람만 만족시켜도 족하다'라는 각오로 글을 써내려간다. 그리고 스스로를 위로해 줄 것이다. 우리의 꿈이 일상을 위로하듯이.

너&시간

  너에게 나를 보낸다. (장정일) 단테는 흰색의 베아트리체를 원했다. 나는 길게 돌아와 너와 조우했다. 또 다른 이를 찾아 헤매고 싶지는 않다. 그토록 사랑을 찾아 헤맸지만 스스로를 사랑한 적 없다던 기형도. 그리고 나타

샤! 사랑에 있어 여자는 어디까지 갈 수 있나. "여왕처럼 굴던 그녀가 이제 거지처럼 사랑을 구걸하네"는 어디에 나온 대목인가! 천상병은 카페를 운영하는 집사람을 뿌듯해 했고 담배 한 갑에 감사했다. 나는 너의 나에 대한 호감에 기쁘고, 지금에 감사하련다. 위의 카페 이름은 '귀천'이었다. '나는 돌아가리라.' 어디로 간단 말인가? The most difficult homework for every man is death. 거지나 왕자나 죽음은 어려운 숙제이다. 인간은 멈출 수 없는 시간 앞에 어쩔 줄 모르는 존재. 그 흘러가는 시간 속에 너를 만나다. 조약돌처럼 주웠던 첫사랑도 가고, 너는 나에게로 온다.

온도

강연 100℃. 물은 100℃에서 끓기 시작한다. 100℃에 이르러야 기체가 된다. 온도는 절대인자. 많은 식물이 저온을 거쳐야 열매를 맺는다. 꽃이 핀다. 그래서 시련은 필요한 것이다. 그러나 그 시련이 오래되면 동해를 입듯이, 극단에서는 꽃이 피지 않는다. 수용소 생활이 단순히 시련은 아니지 않은가? 내 삶의 온도는 몇 도인가? 널 만나 더 뜨거워졌는가?

Answer

인생에 정답은 없다. 그렇다고 멋대로 살라는 것은 아니다. 인생에 리허설이 있다면 후회를 하지 않을까? 과거를 후회함은 앞날을 준비함만 못하다. 그래도 아쉬워한다. 인간적인 너무나 인간적인.

*니체 "인간적인 너무나 인간적인", 사람들이 이상을 바라볼 때 내가 보는 것은 인간적인 너무나 인간적인.

역사

History, His story, 역사의 수레바퀴.

한 역사학자는 "역사에서 배울 것이 없는 것을 알기 위해 역사를 배운다"고 독설을 날렸다. 우리는, 아니 나는 역사에 남지 못할 것이다. 그래서 자유롭다.

위로

나의 글은 나를 위로할 것이다. 밤이 우리를 위로한다. 잠이 우리를 쉬게 한다. 그리고 밤은 낮을 위로한다. 밤은 낮을 애무한다. 결국 밤은 낮을 깨우고 만다.

창녀

창녀를 도와주는 것은 몸을 사 주는 것이다. 『사기』에 이런 말이 나온다. "선비는 자기를 알아주는 이를 위해 목숨을 바치고 여자는 자신을 사랑해 주는 남자를 위해 화장을 한다."

난 이제 상을 받아도 성공을 해도 자랑할 어머니가 안 계신다. 사마천은 이런 말도 했다. "인생 열 가지 중에 마음대로 안 되는 것이 9가지라." 2000 년 뒤에 러시아의 소설가도 비슷한 말을 했다. *"인생에 있어서 쉬운 일이란 없다."* (도스토예프스키) 돈 버는 일은 어렵다. 창녀를 보면 알 수 있다.

슬픔을 위한 술 한 잔

사마천의 거시기를 자른 한무제는 "환락극혜애정다歡樂極兮哀情多", 즉 환락이 극에 달하면 슬픔이 온다고 했다. 황제로써 쾌락을 맛보아도 슬픔이 있다는 얘기렷다. 어쨌거나 인생은 슬프다. 그것을 핑계 삼아 술을 마신다. 현진건의 술 권하는 사회처럼.

악

한 명의 악당이 개과천선해서 목사로 살아가고 있었다. 그 악당을 예전의 피해자가 복수를 위해 찾아온다.

"그때의 악이 지금의 나를 만들었다." 목사가 말한다. 한 외국 영화의 이야기이다. 반전(twist)이 있는 삶.

지옥으로 가는 길은 선의로 포장되어 있다. (유럽속담) 이 말을 나는 이렇게 해석한다. 아등바등 열심히 해 보지만 제 꾀에 넘어간다.

결국 골로 간다? 그런 데서 허무주의가 나오지 않을는지. 니체는 삶에 대해 긍정했다. 그 점에서 쇼펜하우어와 다른 것이다. 테러는 용서할 수 없지만, 테러리스트에게도 철학이 있다. 단 한명을 죽임으로 인해 100명을 살릴 수 있다면. 그래서 진시황은 훌륭한 황제였어도, 형가 같은 킬러가 영화로 남는 것이다. 전설과 함께.

고난

어려움이 나를 살게 할 것이다. *'나를 죽이지 못한 것은 나를 더욱 강하게 한다.'* (니체)

언젠가 쓰러질 때가 오겠지만, 인간필패이지만 누구나 한 번은 죽지만 인간은 강하다. I am strong.

고난에도 신의 뜻이 있다. 신의 섭리가 있다. 물론 답답한 말이다. '왜 나에게 신은 이런 시련을 주는가?'라고 반문해야 한다.

하지만 현실을 직시하자. 절망하고 좌절할 것인가? 쓰러지더라도 멋지게 인사할 것인가! 오뚝이처럼 버틸 것인가.

시간은 빨리 간다. 그리고 결국 추억이 되고, 잊힌다.

고전에선 이렇게 가르친다. 쉬운 일은 찾지 말라. 쉬우면 교만하게 된다.

살자

'자살'을 거꾸로 하면 '살자'이다. 프로이트는 후에 인간에게 성욕구 외에 죽음의 욕구도 있다고 인정했다. "죽고자 하면 살 것이요." 그 말은 진정 멋진 말이다. 아! 그러니까 인간은 동물 중에 유일하게 자살한다는 것인데 인간 중에 그런 생각을 한 번도 안 해 본 이 있을까?

삶은 소중한 것이렷다. 내가 추구해야 할 것도 편한 삶이 아닌 진실한 삶일 것이다.

자격

나는 너를 사랑할 자격이 있을까? 나의 사랑은 그저 너에게 날 사랑할 기회를 주고 스스로의 외로움을 달래는 방편인가. 우리가 이 삶을 살 자격은 거저 주어졌지만 내가 사실 묻고 싶은 건 글 쓰는 자격이다. 나는 글에 어울리는가? 사람이 좋아야 좋은 글이 나오는 것이지만 술주정뱅이가 예술에 조예가 있는 경우도 있고 악마의 말에도 들어볼 만한 것이 있다. 난 그저 필부의 한 사람이지만 치부까지 드러낼 진솔함으로 글자를 적어 간다면 누군가에게 진솔한 대화를 건넬 것이라 믿는 것이다. 최소한 스스로에게라도.

반어

　어려움이 나를 살게 할 것이다. 우리를 살게 하는 것은 쉬움이 아니라 어려움일 것이다. 어려움을 극복한다는 것은 위대한 것이다. 우리는 고난을 이겨낸 꽃에 열광하니까. 그리고 갖지 못하는 것 한두 개를 간직하는 것도 좋다.

　영웅의 추락! 한 필부의 몰락은 동정의 대상이지만 영웅의 몰락에 대중은 열광한다. 그것이 비극이 가져다주는 카타르시스.

* 이제는 고전 연극인 '어느 세일즈맨의 죽음'을 계기로 대중은 영웅이 아닌 소시민의 비극에도 관심을 가지게 되었다.

오독

　'창조적 오독'이란 말이 있다. 오히려 글을 잘못 읽었는데 더 멋지게 해석함을 일컫는다. 삶을 어떻게 해석해야 할까? 그저 느끼면 그만일 뿐. 고흐는 해바라기를 보면서 무슨 생각을 했을까? 그저 그리면 될 뿐. 많은 철학자의 이름을 기억하는 것도 좋지만 수많은 꽃의 이름을 기억하는 이들이 부러울 뿐이다. 정서상으로도 좋으니까.

　꽃에는 수많은 꽃말이 있다. 꽃은 그저 아름다울 뿐인데.

인식

순수한 인식을 꿈꾸는 자는 음탕하다고 니체는 『차라투스트라는 이렇게 말했다』에서 얘기했다. 순수한 인식을 꿈꾸는 자는 음탕하다…. 사람이 성에 눈을 뜬 이후에는 음탕할 기회를 찾는 것이다. 그것을 사회가, 도덕이 규율하지만 사이에 돈이 오가고 범죄가 오가고 순수한 사랑이 오가고 많은 드라마를 연출한다. 그리고 성을 억압하면서 문명은 시작됐다고 한다. *신부와 수녀님이 보카치오의 『데카메론』을 연출해도 탓할 권위는 없다.* (이병주) 그리고 신문지상에 단골인 성범죄 기사….

청소년기란 결국 2차 성징이 나타나고 성에 눈뜨는 시기인 것이다. 해결되지 못한 욕망은 불만을 만들어낸다. 그것을 이겨내면 도인이요, 범인은 욕망을 채우거나 해결하지 못해 좌불안석인 시간을 보낼 것이다. 진화론적으로 성욕이 많은 사람과 적은 사람 중에 누가 후손을 남겼을까?

행운각

우리 동네 중국집이름은 '행운각'이다. 로또에 당첨되는 것은 정말 큰 행운이겠지. 일전에 시에서 행복이란 말을 남발한다고 비판받은 적이 있다. 그러나 우리는 행복에 대해 고민해야 한다. 행복은 누리고 불행은 견뎌라! 사는 것은 어렵고 죽는 것은 두렵다. 시간은 짧다. 나를 죽이지 못한 것은 나를 더욱 강하게 할 것이다. 인간은 멈출 수 없는 시간 앞에 어쩔 줄 모르는 존재! 삶은 추하고 그것마저 짧다고 한 이는 누구던가! 그럼에도 삶은 축복! 우리에게 내려진 행운! 내가 없을 때도 수많은 사람이 있었고 내가 없어도 세상은 계속되는 그 이어지는 연장 속에 잠시 머물다 가는 것! 행운과 행복, 잘 어울리는 음운이다.

우리 아버지는 중국집을 좋아하신다. 그리고 그 아들 역시 중국집을 좋아한다. 중국집에는 수많은 메뉴가 있지만 결국은 짜장면과 탕수육. 그래서 습관은 '제2의 본성'이 아니던가.

점

현재는 시간이 아니다. 점이 공간이 아닌 것처럼. (이병주) 그러나 우리는 현재를 살 뿐이다.

시간이란 문은 뒤에서 닫힌다. 그리고 그것은 비가역적이다.

선택 1

뭔가를 얻기 위해선 뭔가를 잃어야 한다. 선택은 늘 어렵다. 그래서 사람은 후회를 한다. '왜 후회했을까' 하고 또 후회한다. 그리고 잊어버린다. 지금이란 순간도 벅차기에.

후회처럼 괴로운 일이 있을까. 되돌릴 수 없는 과거에 천착할 때 삶은 얼마나 피폐해지는가!

되돌릴 수 없는 일에 매달릴수록 힘들 뿐이다. 잊고 지금이라는 현실에 매진하라는 충고가 얼마나 절실히 들릴 것인가.

그저, 실컷 생각하고 이겨내라고 할 수 있을 뿐.

인간이 불행한 이유는 스스로 행복하다는 것을 모르기 때문이다.

- 도스토예프스키

지나간 것은 감사하고. 아쉬운 것은 받아들이며 체념해야 한다. 소중한 지금과 앞으로의 시간을 위해.

신

파스칼은 이야기했다. 우린 신이 있다고 믿는 것이 없다고 믿는 것보다 유리하다. 파스칼은 인간은 우주에 비해 너무 연약하고 하찮은 존재지만 '생각하는 갈대'라는 점에서 우주보다 위대하다고 했다. 죽을 때 인간은 자신이 죽는 것을 인식할 수 있지만 우주는 못하니까.

최고의 소설이라고 평가받은 바 있는 『카라마조프가의 형제들』은 이런 구절을 남긴다. "신이 없다면 인간은 무엇이든지 할 수 있다." 즉, 우리의 구원을 위해서만이 아니라 인간의 악함을 막기 위해서라도 신은 존재해야 하는 것이다.

니체는 신은 죽었다고 하였지만, 그 말은 신의 부정이 아니다. 신이 있으니까 죽을 수 있는 것 아닌가. 물론 목사님들은 반대할지도 모르지만.

칼 포퍼

행복은 추상적인 말이다. 그러나 예술 자체가 추상적이라고 한다. 그림은 선으로 시작되지만 자연에 선은 없다. 그리고 우리에게 인상을 남기는 건 빛과 그림자이다. 칼 포퍼가 『열린사회와 그 적들』에서 설파한다. "불확실한 행복에 매달리지 말고 확실한 악을 제거하기 위해 노력하라."

극과 극

극과 극은 통한다고 한다. 주역에 "오르면 내려가고 내려가면 오른다고 했다." 끝이 있어 아름답다. 낙화처럼 인생도 끝이 있어 아쉬움 너머 아름다움이 있는지 모른다. 그러나 끝날 때까지 끝난 것은 아닌 것이다. 하늘로 간 엄마는 내 기억 속에 남아 있다. 그래 삶과 죽음의 끈이 내 의식 속에서 이어진다. 그것은 내가 죽어서야 끝날 끈인 것이다.

유토피아

인간은 유토피아(Utopia, 이상향)를 꿈꾸다가 지옥을 만들곤 했다. 모두에게 평등한 세상은 소수에게 권력을 줄 뿐이었다. 개인의 삶도 탈출구를 찾아 헤매기보다 지금 삶에서 누릴 수 있는 행복을 찾는 것이 현명한 경우가 많을 것이다. "나는 나는 죽어서 파랑새 되리"라던 그 시는 어느 문둥병을

앓던 시인의 시가 아니었던가.

부전자전(父傳子傳)

The apple doesn't fall far from the tree. 아버지가 어느새 일흔 하고도 중간이시다. 네가 나이 듦은 아버지가 연로해지시는 거다. 시간은 늘 같이 가니까.

투영(投影)

다른 사람을 알고 싶다면 자신을 보라. 내가 아는 건 오직 내가 모른다는 것일 뿐이라고 소크라테스는 말했다. I know that I know nothing. 소크라테스는 이 간단한 진리 하나로 델포이신탁에서 가장 현명한 사람이라는 예언을 듣는다. 나는 어리석다. 그렇다고 세상을 비껴갈 순 없다. 부딪쳐 나가야 한다. 누구나가 그렇듯이.

성공 2

어쩌면 성공할지도 모른다. 그러나 반드시 죽는다. 그러면 마찬가지 아니냐. 『아돌프』의 작가 콩스탕이 한 말이라고 한다. 인생필패! 누구나 한 번은 죽고 내부적으론 붕괴하고 만다. 내가 있기 전에도 세상은 있었고 내가 없어도 세상은 있고 저 먼 시간에서 어떻게 생명을 부여잡고 이 시대에 태어났다. 크게 한 번 웃어 보자. 거기에 성공이 있을지도 모르니까.

기차

타라스콩이나 루앙에 가려면 기차를 타야 하듯 별에 가기 위해선 죽어야 한다. (고흐) *당신은 기차를 기다리지. 그 기차가 어디로 가는지는 중요하지 않아. 사랑하는 사람과 함께라면.* (영화 '인셉션') *우리는 모두 다 시궁창 속에 있다. 그러나 누군가는 별을 바라보고 있다.* (오스카 와일드)

진행

난 살아가고 있지만 동시에 죽어가고 있다. 사람은 자신의 죽음마저 견뎌야 하는 것이다. 죽음으로의 행진! 잊고 살지만 현실인 것이다. 어떤 어려움에 처했을 때 기억해 볼 만한 대목이다. 사는 건 이별을 두고 얘기할 수 없다. 마지막 이별은 자신과의 이별, 즉 영원한 작별(作別)이다.

기억

기억(記憶)은 마음속에 새기는 우리의 일상, 뇌 속에 남겨지는 희미한 흔적. 우리의 지나간 시간은 순간의 느낌과 그리고 기억.

연극

'인생은 연극과 같다.' 그 말을 들으니 예전에 들었던 '괴로울 땐 꿈을 꾼다고 생각해. 잠시면 끝나는'이라는 말이 떠오른다.

망각

잊으려 하면 할수록 자꾸 생각나기에 그냥 생각하기로 했습니다. 이런 걸 역설이라고 할까? *죽고자 하면 살 것이요, 살고자 하면 죽을 것이다.* (이순신) 역설과 반어. 『운수좋은 날』이란 단편소설은 반어의 좋은 예. 그리고 반전. 영화에서 반전은 재미를 주지만 우리들 일상에서 우린 어떤 반전(反轉)을 기대하는가?

삼국지

삼국지에서 제갈량은 말한다.

謀事在人 成事在天(모사재인 성사재천)

계획을 세움은 인간에게 있지만 그 성사는 하늘에 달렸다.

사기에 이런 말이 나온다.

士蔦知己者死 女爲說己者 容(사위지기자사 여위설기자 용)

선비는 자신을 알아주는 자를 위해 목숨을 바치고 여자는 사랑하는 사람을 위해 화장을 한다.

제갈량은 동양의 천재. 사마천은 동양의 헤로도토스.

구우일모(九牛一毛)

사마천은 궁형을 당해도 죽을 수 없었다. 생식기를 거세당하는 수치를 참은 것은 역사서를 쓰겠다는 아버지의 유업 때문이었다. 그래서 자신의 죽음은 구우일모처럼 별거 아니라고 칭했다. 태산 같은 죽음도 있고, 티끌만큼 가벼운 죽음도 있다면서. 사람은 불평등 하지만, 죽음 앞에는 평등하다.

그는 결국 역사서를 남겼다.

대기만성(大器晚成)

기분 좋은 사자성어다. 조급해 하지 말라. 한 번 날면 세상 높게 날 것이라고 황제를 북돋아준 신하도 있었다. 칭찬! 남에게 인정받는 것은 기분 좋은 일이다. 충언역이(忠言逆耳)라지만 우리나라는 신하가 왕보다 세기도 해서 왕이 왕 노릇을 제대로 못한 적도 많다.

상식적으로 큰 그릇을 만드는 데 시간이 더 걸리는 법이다. 기다리자. 큰 그릇이 우리를 해갈시켜 줄 물을 담을 때까지.

제갈량

고우영의 『삼국지』에서 제갈량은 관우와 라이벌(rival)이다. 힘이 넘치면 밖으로 나온다며 조조의 침략을 우려하는 제갈량.

내 자신의 지식이 방대하다면 일필휘지(一筆揮之)로 글이 나올지도 모르겠다. 책을 열심히 읽어보겠노라고 했지만 그 의지도 약했고 그나마 망각했고, 내 자신이 원하는 책을 찾기도 쉽지는 않았다.

책을 만나는 것도 사람과 마찬가지로 인연인 것이다.

고우영은 제갈량이 관우의 위기를 알고도 방치하는 것으로 해석한다. 문(文)과 무(武)를 겸비한 그이기에.

불행

사람들은 자신의 불행을 최고의 불행이라 생각한다. 그리고 자신이 본 것만을 알 뿐이다. 내 티끌만큼의 아픔이 타인의 태산 같은 아픔보다 크게 느껴진다.

후회

후회하지 말라. 인간은 스스로 고난을 자초하기도 하지만 역경 속에서 자아를 발견하곤 한다. 그리고 과연 지금의 판단은 정확할까? 희미한 기억 속에 현재의 무게감을 더한 것은 아닌는지. *죽느냐 사느냐, 그것이 문제로 다.* (햄릿) 사는 것도 어렵고 죽는 것도 어렵다. 진퇴양난(進退兩難)! 배수지진 (背水之陣)이 늘 좋은 결과나 나쁜 결과를 가져오는 것이 아니듯이, 흘러가는 시간 앞에 어쩔 줄 모르며 이별을 기다린다.

하지만 한신은 병법에서 금지하는 배수지진으로 승리한다. 그리고 결국 토사구팽(兎死狗烹)당한다. 항룡유회(亢龍有悔)인가. 그래서 공을 세우고 초야로 떠난 이들도 있지만. 이런 것을 보고 "손빈이 방연을 해치운 전략은 뛰어났 지만 그 자신이 두 다리를 잃는 것은 막지 못했"라고 하는 것이 아닌가.

논함

행불행을 논하지 말라. 누군가 웃을 때 누군가 우나니. 정약용, 이벽, 이 승훈. 그들은 뛰어난 머리로 출세가 아닌 영혼의 문제와 체제의 문제에 침 전했다. 그 결과는 역경.

몽테크리스토의 교훈⋯ 희망을 가지고 기다려라. 모든 것은 변한다. 이 상황도 변한다. 어느새 여기까지 오지 않았나. 가뭄도 어느새 홍수로 바뀐 다. 삶도 그리 길지만은 않은 것이다. 오르면 내려가고 내려가면 올라간다. 삶은 기다리는 과정!

출세가 아닌 영혼의 문제에 고민하는 천재들. 귀족이면서 범인들의 불 평등을 고민하던 아웃사이더(outsider)들. 그런 사람들이 역사를 바꾼다고 믿는다.

항룡유회

높이, 높이 끝까지 올라간 용은 후회를 한다. 눈물을 흘린다. 너무 높이 올라간 것을 사람들이 시기를 해서일까? 그래서 지지(知止)가 중요한지도 모 른다.

동양에만 존재하는 용. 신비스러운 동물. 그리고 존재하지 않는 동물. 12 간지의 하나. 용 그리고 역린(逆鱗).

강물

인간은 더러운 강물과 같다. 스스로 깨끗해지기 위해선 스스로 바다와 같은 존재가 되어야 한다. (니체) 크게 생각하라! 멋있는 말이로다. 우리 사는 것도 가까이서 보면 비극이지만 멀리서 보면 희극이라고 어느 유명한 코미디언이 이야기하지 않았던가!

찰나

한 알의 모래알에서 우주를 보고 순간에서 영원을 본다. (윌리엄 블레이크) 시에서 본 말이다. 순간을 소중히 한다면… 오늘도 영원이 될 수 있는 것이다.

노자가 말했다. 자신이 죽으면서도 영원하리라고 믿는 자는 영원하리라.

난관

세상에 있어 쉬운 일이란 없다. - 도스토예프스키

세상 열 가지 중에 마음대로 안 되는 것이 9가지라. - 사마천

일단 이것을 상정하고 어려운 일은 체념하고 받아들이고 이겨내도록 노

력하라. 괜히 낙담할 것이 없으리라.

　도스토예프스키는 간질 환자에 도박꾼이었지만 최고의 소설을 남겼다. 사마천은 열심히 싸운 장군(이릉)을 변호해 궁형(宮刑)을 당했다.

현재

　현재는 시간이 아니다. 점이 공간이 아닌 것처럼! 그렇다면 내가 살고 있는 현재는 시간이 아니며 난 시간을 비껴간 존재이다. 만물은 허상이라던 불교의 가르침이 이걸 두고 말함인가.

　하지만 현재만이 시간이다. 현재만이 느낄 수 있는 시간이다. 과거와 미래는 허공(虛空)에 있다. 아니, 시간은 그저 모래알이던가.

타인(他人)

　나는 나의 불행과 너의 행복을 바꾸고 싶지 않다. 이것이 자존심인 것이다. 부러워하면 지는 것인지는 모르겠으나 괜히 부러워할 거 없다.

　그러나 그것은 하나의 레토릭(rhetoric, 수사)일 뿐. 스스로 불행하다고 느낄 그 근거는 무엇이며, 내 자신은 어떤 소신 있는 가치관을 지녔던가. 생활방식의 지조가 있을소냐. 그저 주위들은 이야기를 내뱉는 것은 앵무새일 뿐.

기미

옳은 것에도 나쁜 것이 섞여 있고, 나쁜 것도 그 사이에 옳은 것도 있다. 양비론을 이야기하고자 하는 것이 아니다. 복잡함을 토로하는 것이다.

우파와 좌파!

형과 나는 생각이 다르다. 사르트르는 "나는 당신의 생각에 반대한다. 하지만 당신의 그 생각을 유지할 수 있도록 최선을 다하겠다"고 했지만, 형과 난 생각이 달랐다. 일전의 한 아버지가 두 아들이 있어, 6·25 전쟁이 나자 한 명은 북으로 한 명은 남으로 보냈다. 그 아버지는 베팅(betting)을 한 것이었다.

* 폴 존슨은 사르트르에 대하여 드골이 나치와 싸울 때 파리에서 연극을 쓰고 있었다고 비판하였다.

바다

푸른 바다에 뛰어들어라!

현실과 이상. 상상과 그 너머의 현재. Text, 즉 책으로 접할 수 없는 경험들. 바다는 멋있으나 산처럼 오를 순 없다.

레드오션, 블루오션, 흐린 가을 하늘에 편지를 써.

좋은 관광지는 바닷가 근처가 많다. 먹거리도 좋고. 하지만 등산은 하늘에 더 가까워지는 것이고 바다의 높이는 0m.

감정

슬픔도 기쁨만큼 중요한 감정이다. 눈물에서 오는 정화!

I know that I know nothing.
나는 내가 모른다는 것을 안다. - 소크라테스

나는 생각한다. 고로 존재한다. - 데카르트

나는 내가 생각하지 않는 데서 존재하고 존재하지 않는 데서 생각한다.

- 라캉

눈물을 흘릴 때가 가끔 있었다. 그러면 기분이 좋았다. 지금은 눈물도 나오지 않는다. 메말라 버렸다.

고심 (苦心)

人生如遠客 終歲在岐路
인생여원객 종세재기로 - 『매혹』, 최보식

인생은 먼 길을 가는 나그네. 평생토록 갈림길에서 헤매는 신세.
인생은 B와 D 사이의 C라고 강사가 이야기한다.
Birth와 Death 사이의 Choice다.

탄생도 죽음도 우리의 선택은 아니다.

그 중간이 무수한 선택이다.

하지만 먹어야 한다. 자야 한다. 배우자가 있어야 한다. 직업이 있어야 한다. 건강해야 한다.

결국 선택이란 무얼 먹을까, 좀 덜 잘까, 누구와 결혼할까 등 정해져 있지만 우린 익히 들어왔다. 삶이 마음대로 안 된다는 것을.

장기

我生然後殺他

아생연후살타 - 바둑용어

일단 내가 살아있어야 한다. 작은 것을 주고 큰 것을 얻는다. 뭔가를 얻기 위해선 뭔가를 잃어야 한다.

123 VS 123게임.

내 3과 상대방의 2가 싸우고 내 2와 상대방의 1이 싸운다.

인터넷 장기 수준이 800승 700패 정도 된다. 서울 장기대회에 나갔다가 고배를 맛봤지만 나중에 또 나가련다. 괄목상대(刮目相對)하고, 건곤일척(乾坤一擲)하기 위해.

* 핸드폰으로 인공지능과 장기를 둬 보니 질 때가 대부분이다.

혁명

단순 정권교체는 쿠데타요. 체제의 변환은 혁명이라고 한다. 인생에 혁명이 있을 수 있을까? 매일 산을 오른다면… 담배를 끊는다면… 그것은 혁명은 안 돼도 혁신은 될 것이다. '면'자가 들어가면 안 되는 것이 없다지만.

국감장에서 묻는다. 5·16이 쿠데타인가 혁명인가? 바보 같은 질문이다.

그러니까 왕정에서 공화정으로, 민주주의에서 사회주의로 바뀌는 것은 혁명이다. 근데 혁명은 과연 좋은 것인가? 혁명을 위해서 수많은 생명을 앗아가면서 결과에 집착하는데… "각하, 시위대가 쳐들어 왔습니다", "혁명이냐 쿠데타냐?", "혁명입니다…"

구원(救援)

한 사람을 구하는 것은 세상을 구하는 것이다. (탈무드)

젊은 시인의 일갈(一喝). 한 여자를 사랑하리라!

구원은 어디에 있을까. 시간이 해결해준다는 말. 그 끝에는 삶의 끝이 있지 않을까. 많은 사람과의 이별. 그리고 끝내 자신과의 이별.

구원, salvation. 쇼생크 탈출.

우리는 삶에서 죽음을 통해서 탈출한다. 그러니까 죽음은 삶의 끝이고 기쁨의 끝이지만 동시에 고통의 끝이다.

그러니까 죽어야 할 인간일랑 행복하다고 여기지 말라. 모든 고통을 지나 죽음을 통해 삶에서 해방되기까지… (오이디푸스의 시)

사랑의 노래

이 짧은 시간 속에 사랑을 속삭일 시간, 그 얼마인가?
사랑이여, 차라리 내게로 오라.

With this hand I will lift your sorrow. - 영화 '유령신부'

남자에게 있어 여자란 기쁨 아니면 슬픔.

관점

우리는 모두 시궁창 속에 있다. 그러나 누군가는 별을 바라보고 있다.

- 오스카 와일드

그가 동성애자였다던가?
나이는 들어가고 현실은 녹록지 않은 법.
그저 인생은 살아내는 것이다.

책

인생은 한 권의 책과 같다. (장 파울) 행복의 페이지를 지나 슬픔의 페이지

가 나온다. 그리고 모든 인생은 한 권의 책을 만들기 위해 존재한다. 그런 위대한 책인데 서점에 가면 무엇을 사야 할지 모르겠다.

이 세상에 천국이 있다면 도서관일 것이다. - 보르헤스

인터넷 서점으로 길에 있던 많은 서점이 사라졌다.

수고

인생은 한바탕 꿈과 같은데 무엇 하러 몸을 수고롭게 하리오! (고전)

하지만 누구나 어깨에 짊어져야 할 십자가가 있다. 그 어려움을 극복하면 추억이 되지만 쓰러지는 자도 간혹 있는 것이다. 삶의 골패짝에 들어간 이들의 딱딱한 충고보다는 동병상련(同病相憐)의 소리가 더 위로가 된다. 고진감래(苦盡甘來)라고 하지 않던가.

세상에 공짜는 없다. 괴로움도 반드시 그 대가를 돌려줄 것이다.

어머니

어머니가 돌아가신 지 일 년이 넘었다. 그립지만 다시 볼 순 없다. 김유정은 어머니를 일찍이 여의었다. 우리 아버지도 일찍이 여의었다. 난 33해를 같이 살았으니 그에 비하면 행복하지만 그래도 그립다. 언젠가 나의 죽

음마저도 견뎌야 하니, 묵묵히 앞을 보며 살아야지. 그래도 그립다.

윤리 책에 쓰여 있던 "힘든 일도 누군가는 해야 한다"던 말. 누구나 힘든 이별을 겪는다.

물

똑같은 물도 뱀이 먹으면 독이 되고 젖소가 먹으면 우유가 된다고 했다. 사상이란 그런 것이다. 공자는 어려움에 처해 『춘추』를 지었고 손빈도 두 다리가 잘린 뒤에 『손빈병법』을 지었다. 많은 성인은 어려움에 처해 울분을 감추기 위해 저작에 몰두했다. 하지만 손빈의 방연을 해치운 전략은 뛰어났으나 그 자신 두 다리가 잘리는 것은 막지 못했다. 공자는 사후 세계를 설명해 주지는 못했고 조선조에서는 주희의 성리학이 새로운 이념으로 자리잡는다.

아무리 좋은 사상도 이념화, 교조화(敎條化) 되면서 사회 지배 교리로 작용하게 되면 많은 부조리를 양산했다고 지식인들은 비판한다. 심지어 크리스트교도 중세의 암흑기를 연출하지 않았던가!

문제

죽느냐 사느냐, 그것이 문제로다. 사는 것도 어렵고 죽는 것도 어렵다. 삶은 언제나 문제의 연속이다. Life is series of problems. 기쁨보다 슬픔이 많고 편함보다 고통이 많다고 보는 것은 개똥철학이지만 진리이다. 마치 70 대 노인처럼 이야기하지만 젊음도 어려운 것이다. 어차피 덤으로 얻은 생, 너무 심각하지 말자.

중심

세상이 아무리 넓어도 내가 중심이다. 각자가 자신의 삶의 주인공인 것이다. *"I am the captain of my soul."* (윌리엄 어네스트)

자중자애(自重自愛). 스스로를 사랑하자. 자신을 사랑해야 남들도 사랑한다고 하지 않던가.

그리움

건널 수 없는 강이다. 다시 만날 수 없다는 그리움. 김기림의 '길'이란 시가 생각난다. 이런 구절이 나온다.

나는 지금도 돌아오지 않는 어머니, 돌아오지 않는 계집애, 돌아오지 않는 이야기가 돌아올 것만 같아 멍하니 기다려 본다.

종이에 그리면 그림, 마음에 그리면 그리움이라고 한다. (『다, 그림이다』, 이주은)

우리는 지나버린 시간을 그리워한다. 이 시간마저 그리움의 대상이 될

거라는 데 본질적인 비극이 있을 수도 있지만, *"이것 또한 지나가리라."* (유대 경전)란 말이 얼마나 위로가 되던가.

기차

당신은 기차를 기다리지. 그 기차가 어디로 가는지는 중요치 않아. 사랑하는 사람과 함께라면.

영화 '인셉션'에 나오는 대사이다. 낭만적인 말이다. 우리 삶의 목적은 사랑 혹은 종족번식인가? 『이기적 유전자』란 책.
난 당신을 기다리지. 당신이 언제 오는지는 중요치 않아. 올 것을 믿기에.
당신은 지금 어디로 가고 있는가?

관점

나폴레옹은 아사(餓死), 병사(病死)할 사람들에게 전사(戰死)라는 위대한 죽음을 안겨 주었다.

『차라투스트라는 이렇게 말했다』에 나오는 니체의 말이다. 나폴레옹은 고야에게는 악당이었지만 헤겔에게는 영웅이었다. 그 위대한 나폴레옹이 자신의 조국 프로이센에 처들어오자 당황한 상태에서 한 말이 '미네르바의 올빼미는 황혼녘에야 날기 시작한다이다. 즉, 좀 더 기다려 보자는 얘기.

영웅 안중근은 시대가 영웅을 만든다고 했다. 그리고 그는 양반 출신으로 동학농민운동에 반대해 총을 들었다. 동학농민운동은 역사책에 나오는 대로 단순한 혁명이 아니라 피를 부르는 잔인한 사건이기에. 하지만 그 시대의 농민의 처지를 누가 이해 못할손가.

그러기에 역사책은 늘 새로워야 하고 해석은 어려운 것이다. 사료도 적을 수 있고. 또한 한 역사학자는 이이의 십만양병설도 거짓이라고 주장하는데 무엇을 믿어야 할지 아리송하다.

연극

인생은 연극.

우리는 역경을 이겨내는 주인공에게 감정이입(感情移入)을 하고 감동을 한다. 역경(逆境)은 주인공의 자격인 셈이다. 진실은 우리네들 가장의 발버둥 치는 삶 속에 있을 것이다. 오리가 물속에서 끊임없이 발길질하듯이.

석가는 왕자 지위를 버리고 진리를 찾아 고행(苦行)에 나섰다. 물론 자유롭기 위해 홀로 산속에 거처할 필요는 없다고 한다. 부대끼면서 삶은 진행되는 것이니까.

그리고 그 삶은 늘 새로운 것이외다.

나침반

나침반은 늘 흔들린다. 흔들리는 와중에 북쪽을 가리킬 수 있다. 지구가 끊임없이 흔들리기 때문일까. 나뭇잎이 흔들리는 것에서 영감을 얻은 글도 생각난다. 흔들리는 것! 운명이 정해져 있다면 흔들릴 것도 없겠지.

인생은 때때로 뱃고동 소리처럼 목이 메는 것! 『돌아가는 배』, 김성우

배는 항구에 있을 때 안전하지만 그러라고 만들어진 것은 아닌 것처럼, 흔들리는 나뭇잎에서 스스로를 돌아본다.

승리

승리는 방법에 달려 있다고 한다. 인생필패(人生必敗), 인간은 누구나 죽지만… 『손자병법』에 이겨놓고 싸운다고 하였다. 이겨놓고 싸운다. 어떻게 이겨놓고 싸우는가. 허허실실, 성동격서(聲東擊西), 반간계 등. 전략(戰略)은 많다. 일상이라는 전쟁에, 어떤 전략을 접목할 것인가!

전투에 져도 전쟁에는 이긴다? 손무는 『열국지』에서 자신의 병법을 실험하다가 오자서의 잔인함을 보고 초야로 돌아간다. 그리고 그 뒤에 오자의 병법이 나온다.

성(性)

성(性)을 억압하면서 문명은 시작되었다. 남자와 여자… 성범죄가 끊이지 않고 언론에 보도된다. 그렇게 생겨먹은 것을… 극과 극은 통한다. 성녀가 있고 창녀도 있듯이. 여왕처럼 굴던 그녀가 거지처럼 사랑을 구걸한다는 내용은 『아돌프』의 이야기 아닌가.

안타까운 것은 성욕도 점차 줄어든다는 것이다.

정기를 아껴야 할 것인데, 어쩔 줄 몰라 하다가 금세 약해지니. 안타깝지만, 남자는 여자보다 약하다. 겉으로는 세 보이지만 남자가 늘 먼저 죽고 만다. 성(性)에 있어 특히.

인식

우리는 말한 대로 인식하고 인식한 대로 말한다. 그래서 언어는 중요한 것이다. 우리는 생각을 언어를 통해서 한다. '닭이냐 달걀이냐'처럼 우리의 생각도 결국 언어로 표현하니… 말할 수 없는 것에 대해선 침묵하라고 서양의 철학자(비트겐슈타인)는 말했지만, 말은 해야 말이다.

착각

'사람 사는 게 대단해 보여도 사실 별것 없다'란 말이 좋다. 하지만 사소한 것도 중요하게 생각해야 하지 않은가. 라디오에서 소소한 행복에 대해 말한다. 가슴에 와 닿았다. 순간이 중요하다고 흔히들 이야기하지만. 사람 사는 게 별것 없다. 하루가 금방 가듯이. 그런데 과연 그런가?

감옥

『마지막 잎새』의 오 헨리는 감옥에서 가족의 생계를 위해서 단편소설을 쓰기 시작했다고 한다. 그는 은행원이었는데 횡령죄로 감옥에 갔다. 감옥은 교통사고를 당할 일도 없고, 담배도 끊어야 하고 굶어죽을 일도 없고, 실업(失業)의 걱정도 없는 곳이긴 하다. 『감옥으로부터의 사색』이라는 유명한 책도 있다. '실미도'도 감옥에서 들은 이야기를 바탕으로 써서 작가로 데뷔한 케이스였다는 게 기억난다. 이병주도 감옥에서 『사기』를 한자로 읽었다고 한다. 돌이켜보니 나도 며칠이지만 유치장에 있었던 적이 있다.

* 『실미도』, 백동호 저著

울분과 글

사마천은 많은 성인이 울분을 이기기 위해 글을 지었다고 했다. 공자도 어려움 속에서 『춘추』를 짓고 좌구명도 장님이 되어 『국어』를 짓고… 사마천 자신도 어려움 속에서도 역사서를 썼다. 한편으로 이런 이야기도 한다. "손빈이 방연을 해치운 전략은 멋졌으나 그 자신의 다리가 잘리는 것은 막지 못했다"고. 한비자는 "사람을 믿지 말라! 믿으면 사랑하게 되기 때문이다"라고 했지만 결국 사람을 믿어서 배신(背信) 당한다. 똑똑한 사람은 자기 꾀에 빠지는지도 모른다. 정치인은 뻔뻔해야 한다고 한다. 큰 거짓말을 하는 사람이 크게 성공한다. 수많은 책이 있다. 과연 좋은 책은 그 얼마인가! 수많은 사람이 있다. 과연 믿을 이 그 누구인가.

여행

"삶은 여행이니까." (이상은) 노래 가사이다. 삶은 여행이던가. 연극이던가. 야구도 되고 마라톤도 되고 고해(苦海)도 되고 소설도 되고. 그리고 시가 된다. 사람은 자신이 원하는 것을 찾아 전 세계를 돌아다니다 고향에 와서 그것을 발견한다. 조지 무어의 소설 『케리드 천(川)』에 나오는 말이라고 한다. 고향! 그리고 어머니! 우리는 모두 엄마의 뱃속에서 나오지 않았던가. 그리고 그 전에는 이 세상에 없지 않았던가. 한 번뿐인 이 세상! 로또를 사볼까? 해적과 해군 중에 해적이 되고자 했던 스티브잡스. 도스토예프스키는 '신은 있어야 한다'고 강변했다. 신이 없다면 인간은 무슨 짓을 할지 모르기 때문에. 한 번뿐인 세상. 무엇하러 수고하리. 허허! 왜 사냐면 그냥 웃지요.[3] 이 세상 한바탕 놀이터인데 무엇을 수고롭게 하리. 하지만 묵묵히 자신의 자리에서 일하는 사람들이 있다.

자유롭고자 홀로 산속에 들어갈 필요는 없다고 하였다. 부대끼는 삶속에서 삶은 가치가 있는 것이다.

그리고 여행은 어디에 있든 스스로의 여행길이다.

변호사

전원책 변호사의 글을 읽고 있다. 독재시대 군사정부라고 욕하지만 군사정부 시대에는 경제가 잘 돌아갔고, 문민정부 시대에 들어와 IMF가 터졌다고 비판한다.

권력을 잡는 데 능한 자들이 꼭 사회를 잘 이끄는 것은 아니다.

민주 사회는 좋은 것이지만, 포퓰리즘(populism)은 조심해야 한다.

라인홀드 니버의 『도덕적 개인과 비도덕적 사회』가 떠오른다. 개인적으로는 다들 도덕적이더라도 그들이 모인 집단에는 악(惡)이 생긴다는.

동전의 앞뒷면. 선진국과 OECD. 한국이 OECD 자살국 1위라던가. 경제와 인권. 파이와 분배. *정치란 적과 동지를 나눈 데서 출발한다.* (칼 슈미트) 정치란 한정적 재화를 나누는 것.

---

3 『남으로 창을 내겠소』, 김상용

김광석

　김광석 노래 중에 '흐린 가을 하늘에 편지를 써' 등 몇 노래를 즐겨 들었다. 그는 지금의 내 나이도 되기 전에 세상을 떠났다. 많은 이들에게 여전히 인기 있는 그, 이곳 춘천에서도 공연을 했다고 한다. 어머니가 그 공연에 갔었다고 했다. '검은 밤의 한가운데 서 있어 한치 앞도 보이지 않아… 일어나, 일어나 다시 한 번 해보는 거야!'

　그는 짧은 생을 살고 갔지만 여전히 회자되고 있으며 노래는 앞으로도 계속 사람들에게 들릴 것이다. 진정 인생은 짧지만 예술은 길다. 그리고 청년일 때 떠나간 이는 영원히 청년이다.

좌절(挫折)

　세상에 있어 쉬운 일은 없다. 단 하나도 없다. 난 심지어 왕도 어렵다고 본다. 요새는 왕이 없으니까 재벌의 아들도 힘들 것이라 본다.

　"좌절하기는 쉽지만 용기를 가진 자는 어려움 속에서도 희망을 발견한다." (이병주) 그러니 희망을 가지고 기다려라.

　'이것 또한 지나가리라'는 말이 유행했었다. 시간은 쉬이 가긴 하지. 괴로운 시간은 빼놓고.

단순

Simple is the best. 과연 그러한가? 복잡한 것일수록 단순하게 보고 단순한 것일수록 복잡하게 보라고 했다. 처음이 힘든 것도 경험해보지 못했기에 어렵게 느껴지는 것이다. 사람 사는 게 대단해 보여도 별거 없다. 하루가 금방 가듯이. 인생 별거 있나? *"달콤한 추억 하나 있으면 되지."* (영화 '튜브') 그러나 고민이 있다. 그러나 번뇌가 찾아온다. 감당할 수 없는 고통이 찾아오면 어찌할 것인가? 달콤한 추억 하나로 버티어 나갈 것인가?

복

행복은 쌍으로 오지 않고 불행은 홀로 오지 않는다. 화불단행(禍不單行). 우리가 복을 받았은즉 재앙 또한 받지 않겠는가. (성경, 욥기 2장 7~10절)

뜻밖의 삶이 주어졌는데 뜻밖의 죽음 역시 따라오겠지. 성경 속 욥은 자신의 불행에 대해 신을 욕하지 않는다.

숫자

"사람은 숫자와 같다. 놓인 자리에 따라 그 값이 달라진다." (이병주) 찰리 채플린은 삶은 가까이에서 보면 비극이지만 멀리서 보면 희극이라고 하였다. 충격적인 일도 시간이 지나면 서서히 잊혀가는 것이다. 그래서 망각은

좋은 것이다. 어찌 좋은 일만 있으랴. 잊어야지. 부두를 떠나는 배에서 사람을 바라본다. 점점 더 점으로 바뀌어 간다.

* 사실 시간이 모든 것을 해결한다는 말은 진실이지만 무책임한 말이기도 하다.

살부(殺父)

오이디푸스는 신화에서 예언대로 아버지를 죽이고 어머니와 결혼한다. 그래서 괴로움에 자신의 눈을 스스로 멀게 한다. 진시황도 살부했다. 『카라마조프가의 형제들』에도 살부라는 주제가 등장한다. 오이디푸스 콤플렉스는 아이가 아버지와 엄마의 사랑을 놓고 갈등한다고 본다. 그리고 과거 부족사회에서부터 그런 일이 있었을 것이라고 본다. 사람의 아들! 결국 우리도 아버지가 되어간다.

과거 부족사회에서 아들들이 아버지를 죽이고 그 죄책감을 일 년에 한 번씩 제의로써 씻는다고 보는 것이다. 중국 역사에 보면 아버지와 아들 간에도 황권을 놓고 다툰다. 우리나라는 영조대왕이 아들을 죽인 예는 있어도 아들이 아버지를 죽인 경우는 없는 것 같다.

크기

내 티끌 같은 아픔이 타인의 태산 같은 아픔보다 크게 느껴지는 것이다.

세상은 내 어릴 적 생각보다 더 냉정하고 살벌한 것이다. 사람은 그러나 결국 자신의 죽음마저 견뎌야 하는 것이다. 앞만 보고 달릴 수밖에….

운

인생의 성패는 운에 달려 있나? 어떤 것이 성공이고 어떤 것이 실패인가? 누구나 불행이라고 여기는 경우도 있지만. 인간은 결국 내부적으론 붕괴하고 마는가? 어떤 비극적인 사건은 그보다 덜한 고통을 겪는 이에게 힘을 주기도 하는 것이다. 다른 이를 부러워 말자. 자신이 선택한 게 아니면 체념하면 되지만 고른 것이면 후회를 아니 할 수 없다. 후회하는 것이 인생이니까. 중요한 것은 거기서 배우는 것이겠지만. 세상에 쉬운 일이란 없다. 겪어보기 전에는 알 수 없기에. 남들이 하는데 왜 내가 못할 것인가? 후회하지 말자. 중요한 건 지금이라지만. 그래도 괴로울 때가 있는 것이다. 작은 것을 참지 못하면 더 큰 대가가 올 때도 있는 것이다.

영생(永生)

개체는 소멸해도 종족은 계속된다. 이기적 유전자? 나의 아버지의, 아버지의, 아버지의, 아버지를 난 물론 모른다. 내 아들의, 아들의, 아들의, 아들도 나를 모를 것이고 알려고 하지도 않을 것이다. 그래서 더욱 자식을 낳아야겠다.

삶의 의미를 위해서. 기억하지 못할 그 무엇의 의미를 위해서라도.

심지어 난 할아버지, 할머니도 잘 모른다는 고백을 아니 할 수 없다.

음악

공자는 음악이 사람교육에 중요하다고 하였다. 하늘의 별도 노래를 한다고 라디오에서 나온다. 그 노래는 빛으로 우리에게 온다. 음악은 좋다. 마치 희망과 같은 것이다. *"희망은 좋은 것이고 좋은 것은 죽지 않지."* (영화 '쇼생크탈출') 그런데 그 희망은 한 움큼만 있어도 족한 것이다. 넘쳐나는 것이 아니라 조그마한 마음이면 희망은 족하다.

음악을 듣는 순간 그곳에 행복이 있을 것이다. 물론 음악이 허무하다고 한 소설가도 있지만. 무음이 최고의 음악인 경우도 있다. 그리고 모든 말을 할 순 없다.

두려움

미국의 대통령은 두려움을 극복하자고 하였다. *"The only thing we have to fear is fear itself."* (루즈벨트) 중국 고전엔 "두려움을 모르는 자 두려움에 빠진다"고 하였다. 과연 할 수 있을까? 두려움을 갖자. 하지만 한 번은 끝까지 싸워야 하는 것이다. 그리고 지금이 그 시기일 것이라고 본다.

모순(矛盾)

『한비자』에서 말을 잘 타는 사람이 말에서 떨어지고 수영을 잘하는 사람이 물에 빠져 죽는다고 나온다. 창과 방패! 세상에 모순되는 일이 많다고 하지. 천려일실(千慮一失)과 천려일득(千慮一得).

　대단한 일은 꼭 뭔가 거창한 것을 하는 것이 아니다. 뭔가를 하지 않는 것, 유혹을 참는 것도 대단한 것이다. 난 얼마나 유혹에 약했던가…. 무위(無爲)! 담배를 피우지 않는 것도 대단한 것이다. 'Do something incredible'이라고 금연광고 저금통에 쓰여 있다.

유토피아

　토머스 모어의 『유토피아』! 사람은 유토피아를 만들려다 지옥을 만들었다. 노동자를 위한다면서 새로운 특권층만 만들었다. 교조화! 유교도 바르고 옳은 소리지만 절대화되면서 조선조의 경직된 사상체계를 만들었다고 한다. 그래서 『공자를 죽여야 나라가 산다』는 책이 잘 팔리지 않았던가. 오늘날 우리 모두는 TV를 보고 스마트폰을 보고 비슷한 것들을 보며 살아간다. 그래서 매스미디어(mass media)의 역할은 더욱 커졌다. 언론에서 'A이다'라고 이야기하는데 누가 반론을 제기할 것인가? 언론과 감찰은 누가 비판할 것인가? The absolute power corrupts absolutely. 절대 권력은 절대 부패하기에 권력은 견제 받아야 하는 것 아닌가.

바보

때론 바보 같은 짓도 하는 것이다. 아량 있게 자신의 실수를 받아들일 줄도 알아야 한다. 스스로를 용서하기! 개인의 욕망도 이루기 어렵고 대중의 욕망은 거스르기 어렵다![4] 욕망은 해소하거나 또는 채우는 것이다. 식욕, 수면욕, 성욕. 해소되지 않으면 살 수 없거나 불쾌한 것들이다. 그렇게 진화해온 것이다. 이것들은 반복적이다. 욕망들을 욕심대로 채우려다 불쾌함만 경험할 수도 있지만.

영웅의 추락(墜落)

사람들은 영웅에 열광한다. 그런데 영웅의 추락엔 더 열광한다. 사람들은 나쁜 사람들에 대해서 증오하지만, 자신의 어두운 면과 일치하는 부분에 대해서 더욱 반응을 보인다고 심리학에서 본 것이 기억난다. 높이 올라갔다가 한없이 추락한 영웅일수록 우리의 뇌리에 오래갈 것이다. 우리들의 일그러진 영웅! 우리는 기댈 누군가가 필요한 것이다. 어렸을 때 부모님에게 의지했듯이. 이제 나이가 들어 다른 이를 부양해야 하지만 여전히 의지할 대상이 필요하다. 그것이 종교이든, 영웅이든….

---

4   홍자성, 『채근담』

인식 (認識)

프로이트는 인간에게는 죽고 싶은 욕망도 있다고 하였다. 삶은 힘든 것이다. 그것을 받아들이고 인식해야 할 것이다. 안 좋은 일은 액땜했다고 넘어가고, 지금 누릴 수 있는 것에 감사하며, 푸른 하늘을 바라보아야 할 것 같다.

그런데 스스로의 배경지식 안에서 인식할 뿐이다. 미워하는 이도 내가 아는 사람이요, 싫어하는 이도 내가 아는 사람이요, 쓸데없이 악행을 끼치는 것도 주변사람인 걸 보면 친구 10명보다 적 1명을 만들지 말란 말은 유효하다.

영화

삶은 영화 같지 않아. 삶이 더 힘들지. - 영화 '시네마천국'

그러나 내 삶의 주인공은 나지. 영화는 일종의 허상 아니던가.

어느 평론가는 "인생은 추악하고 그것마저 짧지"[5]라고 일갈했지만 인생은 때로 영화 같다. 설사 재미없는 영화일지 모르지만, 짧은 만큼 소중한 것!

전쟁에서 패배가 별거 아닌 것처럼 내일을 바라보며 쓰러져도 일어나야지.

어려움이 나를 살게 할 것이다.

그대 역설을 믿는가? 진리는 모순에 있는지 모른다. 그리고 실제로 인간은 모순적 존재이다. 어려움은 우리를 시험한다. 성경 속 욥처럼, 우리는 우

---

5 홉스의 말 변주

리가 감당할 수 있는 시련만 원하지만, 절대부정을 통해서 절대긍정으로 나아가듯이 어려움이 우리를 살게 할 것이다. 때론 실패가 성공보다 나았듯이. It could be worse! 더 나쁘지 않은 것도 어디인가.

선택 2

어차피 둘 중에 하나! (또 다시) 포기할 것인가? (끝까지) 버티어 낼 것인가?

가난

너무 심심해 죄를 짓기도 한다. 사람은 때로 너무 가난해 악에 빠진다. 고리키의 소설에서 본 내용이다.

가난의 이데올로기. 오직 가난한 사람만이 죄가 없는 것이다. 큰돈을 버는 데는 악이 따른다고 했다.

악마의 말에도 들어볼 만한 것이 있다. 나의 말에도 의미가 있기를 바랄 뿐.

내가 부족한 것은 돈이어서는 안 된다. 오직 시간이어야 한다.

구원

구원! 물거품 같은 행복과 깨어지는 희망 속, 우리는 어디서 구원을 얻을 것인가! 죽음으로써 삶을 탈출하는데. 내가 두려워하는 건, 삶인가 죽음인가. 《미래한국》지에 황성준이란 분이 있다. 그분은 원래는 사회주의 운동을 하다가 지금은 우파운동을 하고 있다. 그런데 왼쪽 눈을 실명했다고 한다. 좌파의 이념을 버린 것과 왼쪽 눈의 실명이 일치해서 깜짝 놀랐다. 그분은 또 저명한 황순원 선생의 친척이라고 한다. 이분은 종교(宗教)에서 구원을 찾았다.

상선약수(上善若水)

물은 아래로 흐른다. 그리고 강하다. 그리고 우리를 정화시켜 준다.

『우덕송』, 소를 예찬한다. 소의 순박한 눈! 도살장에 끌려갈 때는 눈물을 글썽인다는 소. 그리고 우직한 소. 나는 이런 소고기로 내 살을 채워왔는데, 그러면 의미 있게 살아야겠는데, 쉽지 않은 것이다. 소의 그 우직함을 배우고 싶다.

산다는 건 다른 동물을 파괴해서 먹어야만 가능한 것이니, 잔인하기도 하다. 물론 채식주의자도 있지만. 그런데 신기한 건 우리는 다른 사람의 손을 거쳐 식탁에 올라온 고기에서 그 잔인한 도살장면을 전혀 기억하지 않지만, 개를 먹는 사람은 야만인으로 치부되곤 한다는 것이다.

지금

지금 불행한 건 과거에 너무 행복했기 때문이 아닐까.

인간이 불행한 건 자신이 행복하다는 것을 모르기 때문이다. - 도스토예프스키

행복은 불확실한 관념(觀念)으로 정의하기도 하고 일상의 소소한 것으로 정의하기도 한다. 불확실한 행복에 매달리지 말고 구체적인 악을 제거하는 데 매진하라고 칼 포퍼는 말했다. 자꾸 행복에 대한 화두에 매달리는데 수많은 논의가 있을 진데 비슷한 주제에서 맴돌고 있다. 난 행복하다. 내 어머니와 아버지의 아들로 태어나서.

검소함

지금 나는 행복을 택한다. - 안나 프랭크

어머니가 가끔 생각이 난다. 이제는 볼 수 없지만.
검이양덕(儉以養德), 즉 검소함으로 덕을 쌓는 아버지.
어머니는 아버지가 돈을 아껴 자식들한테 준다고 하셨다.

도덕적 개인과 비도덕적 사회

　라인홀드 니버의 책. 사람이 개인적으로 도덕적인지는 모르겠지만, 뭉치면 필연적으로 비도덕적이 된다는 이야기. 단체의 이름으로!

　뭉치면 강하고 흩어지면 약하다. - 이승만 대통령

대결

　비극은 선과 악의 대결이 아니라 선과 선의 대결이다.
　함께 겪는 고난이 문제가 아니라 혼자 겪는 어려움이 더 힘든 것이다. 그리고 위기는 예상치 못한 곳에서 온다. 우리가 미리 고민하는 일들은 일의 경중을 떠나 진정 위기는 아니다. 위기는 예상치 못한 것이므로.

비극론

　비극적인 이야기에서 나오는 눈물이 우리를 정화한다.
　그 주인공에 스스로를 대입해서이다. 그 주인공의 이야기가 가슴 아프기 때문이다.
　아무도 가르쳐주지 않는다. 너를 어디서 찾아야 하는지를.
　원래 인생은 누가 가르쳐 주는 것이 아니다.

주식처럼 일상은 올라가면 내려가고, 내려가면 올라간다고 하니,
희망을 가지고 기.다.려.라. 아니 기다리면 어찌할 것인가.

존재(存在)

나는 생각한다. 고로 존재한다. (데카르트) 나는 존재하지 않는 곳에서 생각하고, 생각하지 않는 곳에서 존재한다. (라캉) 나는 갈등한다. 존재하는 한. (나)

이유

행복할 수많은 이유가 있고, 그렇지 못할 수많은 이유가 있다. 사랑을 할 것인가, 시를 쓸 것인가. 이 순간 내 스스로 시가 되어 몰락할 것인가.

대학교 때 이성을 보면 가슴이 설레던 것도, 취직 합격 때의 벅찬 가슴도, 어느새 먼 과거처럼 느껴지지만. 오늘 나에겐 몇 가지 이유가 있었을까. 행복할 수 있는, 아니면 못 할 수 있는….

이신론(deism)

　신은 세상을 창조한 뒤에 간섭하지 않았다. 회의의 시작. 부조리를 고발하는 문학과 연극. 파스칼은 신이 있다고 생각하는 것이 유리한 도박이라고 했다. 니체는 신은 죽었다고 했다. 그리고 도스토예프스키는 신이 없다면 인간은 못할 짓이 없다고 했다. 이반 그리고 알로샤.

　신이 없다면, 사후세계가 없다면 생에서의 불평등은 어떻게 할 것인가.

　『카라마조프가의 형제들』에는 아버지와 세 아들이 등장한다. 큰아들은 아버지와 같은 여자를 사랑하고, 막내는 신앙심이 깊고 둘째는 냉철하다. 영화 '가을의 전설'의 모티프가 되었다고 한다.

그림

　호랑이 그림이 귀신 그림보다 그리기 쉽다.

　호랑이는 많은 이가 알고 있고, 귀신은 실제로 본 이가 없기 때문이다.

　한비자에 나오는 이야기다. 그러니까 이천년 전 이야기.

　한비자도 말더듬이요, 서머셋 몸도 말더듬이다. 말더듬이기에 더욱 생각이 깊어진 것 같다. 한비자는 친구 때문에 죽는다. 배신의 역사!

진퇴양난(進退兩難)

살기도 어렵고 죽기도 어렵다. 노래가사에 '가볍게 산다는 건 결국은 스스로를 얽어매고…' 이성복은 "네 고통은 나뭇잎 하나 푸르게 하지 못한다"고 했다.

우린 때로 고통 속에 살아가지만, 우리 곁에 나뭇잎이 푸르게 있다는 것이 얼마나 위안이던가!

그리스 소피스트 철학에선 차라리 태어나지 않는 것이 최상이다. 지나친 비극론이지만, 극까지 가야 다음 극으로 간다. 삶에 대한 부정이 삶에 대한 긍정으로 이어져야 한다. 죽기를 두려워하지 않으려면, 우리가 태어나기 전을 상상해보는 것이다. 우린 원래 없던 존재 아니던가. 죽음은 태어나기 전으로 돌아가는 것. 가벼운 것은 떨어져도 죽지 않는다. 돌이켜보면 어린 시절 기억이 잘 안 난다. 기억이 없다면 살아가는 것은 무슨 의미인가? 어린 시절, 그 행복한 시절이기에 신의 질투(嫉妬)를 샀던 것일까? 또 기억하면 무엇하겠냐만은.

사형(死刑)

사형 집행을 본 사람은 사형 반대자가 되고, 범행 현장을 본 사람은 사형 찬성자가 된다고 한다. 일종의 경험론(經驗論)이라고 할까. 우리나라는 사형 선고를 하지만 집행을 안 한지 오래 돼서 실제로는 사형폐지국가로 분류되고 있다.

연쇄살인범은 사형을 시켜야 한다고 본다. 그러나 동시에 재판의 오판 가능성 역시 부정할 수도 없다.

앎

I know that I know nothing. 스스로를 아는가?

나를 알고 싶으면 남을 보라고 했다. 인상으로도 사람을 보지만 사람은 생김새로 알 수 없다. 책을 정리하는데 대학교 때 참 재미없는 공부를 했다. 돌이켜 보니, 차라리 약 공부나 하러 갔으면 하고 아쉬움이 남는 것이다. 공부 열심히 할 걸…

그러나 늦었다고 생각할 때가 가장 빠르다. 평생공부 아닌가.

시절

어려웠던 시절이 아름다웠던 시절이라고 한다. 물론, 인생은 한바탕 꿈 같은데 왜 내 몸을 스스로 수고롭게 하는가. 고전에 만물은 이미 운명이 정해져 있는데 사람들이 괜히 분주히 다닌다고 했던가. 멋진 말이다. 하지만 이미 다 정해져 있는 것일 수 있던가.

지금에 충실해야지. 지금을 살아갈 뿐이니까.

실패한 자들은 자기의 한계에 도전한 것이다. 이것은 일종의 완곡어법이다. 그리고 세상은 좁다. 인생필패! 누구나 한 번은 죽는다. 그리고 다시 깨어나지 못한다. 그러나 가끔은 영원히 잠들었으면 하고 생각하듯이, 삶은 피로한 것이다. 세상에서 쉬운 일은 없다. 하나 있다면 좌절하는 것. 불나비는 왜 불에 뛰어드는가. 우리를 유혹하는 것은 무엇인가.

고통 뒤엔 낙이 온다. 그렇다면 행복 뒤엔 불행이 올까?

어렸을 때 행복했기에 그것으로 족한 것이다.

십자가

내가 짊어져야 할 십자가.

각자가 지고 가는 짐.

개울을 건널 때 어느 정도 무게가 있는 것이 건너기 쉽다고 한다.

나보다 더 무거운 것을 짊어진 이들이 밤하늘에 별처럼 많다.

진실

인생은 짧고 그것마저 고통스럽다.

인생은 추악하고 그것마저 짧다.

생각을 멈추면 문제는 사라진다.

어떤 것도 의식 밖에 존재하지 않으니까.

숙명과 자유의지.

감각이라는 감옥 속의 수인인 인간.

인체는 신체 속에 갇혀 있다.

긍정의 심리학은 자기계발의 핵심이지만

철학은 어느 정도 소피스트적인 것에 매력이 있다.

기다림

희망이 있다면 시련 속에서 버틸 수 있을게다.

우리 아버지는 인생을 기승전결(起承轉結)로 봤을 때

스스로를 결에 와 있다고 하셨다.

난 승이나 전쯤일까?

Attitude is everything

태도가 중요하다.

힘들다 하면 조그만 일도 못 버티고, 버티고자 하면 어려운 일도 능히 견
딘다.

암살(暗殺)의 논리학

한 명을 죽임으로 100명을 살릴 수 있다면.

하지만, 한 명을 살리는 것은 인류를 구하는 것이다.

마의상서.

사람은 생긴 대로 살기 마련이다. vs 그러나 생김새만으로 알 수 없다.

사람이 영원히 산다면 자살하는 사람이 없을지도 모른다. 영원하지 않고 짧기에 그것마저 견딜 수 없어 먼저 떠나는 것이다.

날씨가 항상 좋으면 사막이 된다. 그리고 바다도 비에 젖는다.

노자는 인간은 유용의 용만 알고 무용의 용은 모른다고 했다.

그 말이 아무것도 하지 않고 무위도식한다는 것은 아니다.

뭔가 인위적인 것을 배격한다.

권력 욕심에 눈이 멀어 주위를 망치고 스스로를 해치는 것을 경계하는 말로도 읽힌다.

사마천은 손빈의 방연을 해치우는 전략은 멋졌으나 그 자신의 다리가 잘리는 것은 막지 못했다고 했다.

이 말은 자신 역사서를 남겼으나 궁형을 피하지는 못했다는 말로도 들린다.

글은 어느 정도 결핍 상태에서 나오는 것인지 모른다.

문제

죽느냐, 사느냐 그것이 문제로다.

죽는 것도 힘들고 사는 것도 힘들다.

그렇기에 문제인 것이다.

누구를 위하여 종은 울리나? (톨스토이) 조종은 우리 모두를 위해서 울린다.

죽음으로써 삶을 탈출한다는 것은 일종의 아이러니.

우리가 사는 동안은 죽음을 알 수 없다. 죽은 다음에는 인식할 수 없다.

죽어야 할 때가 되어서야 죽음을 알 것이다.

진정으로 죽음은 대문제인 것이다.

그러나 우리가 삶을 축복처럼 얻었은즉

죽음마저 견뎌야 하는 것 아닌가.

한 번뿐인 삶 내 마음대로 살고 싶긴 한데,

그것이 또한 쉬운 일이 아니지 않더냐.

죄와 벌

인간은 죄를 짓지 않을 수 없다. 즉, 인간은 죄를 짓기 마련이다. 그렇다고 벌을 피할 수도 없다. 『무기여 잘 있거라』에서 후퇴하던 중 헌병에게 취조당하는 중령은 이렇게 반문한다. "당신들은 후퇴해 본 적이 있소?"

감수성

감수성이 풍부하고 싶었다. 하지만 감수성이 좋다는 것은 어느 정도 병약한 것이 아닌가 한다.

죽음

나는 죽으러 가고 너희는 살러 간다. 누가 더 행복한가! 오직 신만이 안다.

- 소크라테스

죽음은 일생일대의 사건, 그러나 두려워하지 말라.

사는 동안은 죽음을 알 수 없고 죽은 다음에는 죽음을 알 수 없으니 걱정하지 말라고 그리스 철학에서 말하지 않았는가. 공자는 말했다. "삶도 모르는데 어찌 죽음을 알 것이냐!"

비

"바다도 비에 젖는다. 함께 우산을 쓰면 연인이 되고 함께 비를 맞으면 동지가 된다."[6]

기우제는 반드시 성공한다. 올 때까지 빌면.[7]

뉴스는 난리다. 비 안 온다고 난리고 비 많이 온다고 난리고.

세 치 혀도 무섭고 언론도 무섭다.

방송도 종종 오보를 한다.

개인의 욕망도 이루기 어렵고, 대중의 욕망은 거스르기 힘들다. - 채근담

---

6 『자유의 적들』, 전원책
7 아프리카의 풍습

동력(動力)

 사랑과 복수심이 인간의 강한 원동력이라고 한다. 하지만 나는 자유가 더 큰 원동력이라고 생각한다. 비는 결국 오고야 만다. 그리고 그 비도 그치게 마련이다. 삶도 언젠가 그치고 말 것이다. 그렇기에 더욱 소중한 것이 겠지만. 삶이 언젠가 그치리란 걸 느끼기는 어렵다.

시

어둠속의 별

밤은 별로 인해 외롭지 않다. 나의 밤하늘에 함께할 별 같은 존재는 무엇
인가? 밤이 가면 내 별도 가고 말아. 밤이 가기 전 별을 만나러 가야 한다.
어머니는 밤하늘에 별이 되셨다. 아득히 별처럼 보이지 않는다. 어둠속에
서야 빛나는 별. 어둠이 와야 별은 반짝인다

누구나 허둥지둥 살아갈 때, 별을 바라보는 이 그 누구인가, 나는 누군
가에게 별이 될 수 있을까? 어둠속에서야 생각나는 그 무엇. 어둠이 오고,
별이 빛나고, 어둠이 가고, 나는 별에게로 간다. 어머니가 없는 이곳에서

그러나

이방인에서 카뮈는 우리가 이 세상에 던져진 이방인이고,

죽음은 죽음으로 끝일 뿐이라고 했으나…

"천국이 있다면 죽는 것도 기쁘고

천국이 없다면 사는 것도 슬프다"고 했다

신이 없다면 만들기라도 해야 한다

유물론의 사회주의는 무서웠다

이 세상의 불평등이 사후세계가 없다면 어떻게 보상받을까!

인간은 수많은 개체를 희생시키는데 영적인 존재가 아니겠는가!

도스토예프스키도 신 없이 인간이 모든 것이 가능하다면 그 오만함의 무

서움을 지적했다

물론 소박한 옛 신앙도 좋고 종교적 다원주의, 불가지론도 납득이 되지

만,

아! 신이 없다면 인간의 과오는 누가 용서할 것이며,

우리가 이방인에 불가하다면 삶은 추악하고 그것마저 짧다는 허무적 염

세주의를 어찌 이겨낼 수 있을까

진화론에 경도된 적 있지만 하나님을 믿던 어머니를 기억한다. 내가 죽

을 때까지, 혹 천국에 계시는 그를 다시 만나리라는 희망까지

* 바닥에 닿아야 절망을 알고 절망을 알아야 희망을 이야기할 수 있다.

메모

평화는 풍요를 만든다. 풍요는 자존심을 키우고, 자존심은 분쟁을 부른다. 분쟁은 전쟁을 부르고 전쟁은 약탈을 부른다. 약탈은 가난을, 가난은 참을성을, 참을성은 평화를 부른다. 그리하여 평화는 전쟁을, 전쟁은 평화를 부른다. - 조지 푸텐함

그래서 주역에서 올라가면 내려오고, 내려오면 올라간다고 하였던가.

진리는 소수가 다수의 거짓을 이기는 법이라고 한다. 뉴턴 한 명이 만유인력을 들고 나오자, 인류 전체가 그에게 고개를 숙였다. 시간이 걸렸지만…. 다만 누구나가 자신이 아는 것을 진리라고 하고, 각자의 진리가 편을 갈라 놓는다

20대의 메모

내 사랑은 죽었다

아니 죽어가고 있다

심폐소생술을 한다

너무 늦었는지도 모른다

살아나도 뇌사판정을 받고 식물인간이 될지도 모른다

나의 모토는 사랑을 하든가 절망을 하든가 둘 중 하나였다

그 어느 것도 하지 못한 채 담배만 피우고, 그것도 못 끊었다

나에게 현실이란 가난도 아니고, 사랑의 결핍이었다

'사랑을 잃고 나는 쓰네'의 시인도 될 수 없었고

그저 잡히지 않는 무지개를 쫓아다녔다

나는 그저 고흐처럼 여자가 없으면 살 수 없는 남자였는데,

내 사랑은 시들어갔다

독신이었던 위대한 철학자들의 철저한 생활을 따라하지 못하고

어설프게 독신만 흉내 내고 있다

'어떻게 살아야 하는가?' 이 질문은 '사랑 없이 왜 못 사나?'였을까?

내 사랑이 살아난다. 위대한 편작 같은 의사를 만난 것이다

그러나 편작은 조조한테 죽었다. 내 사랑을 죽인 것은 내 자신이다

일종의 Suicide인 것이다. 인간에겐 에로스적 욕망과 함께

죽음에의 충동도 있다고 하니까

키에르케고르는 절망을 죽음에 이르게 하는 병이라 했다

그러나 인간은 어쨌거나 죽어가니까 절망은 좀 더 죽음에 일찍 이르게

하나 보다

어느 시인의 여인의 배에 아이 하나 잉태 못했다는 독백은

나를 두고 한 예언인지 모른다

사랑의 결핍이란 다름 아닌 종종 번식의 방해에 지나지 않는지 모른다

그러나 김영하란 소설가는 결혼했으나 애가 없다

아! 타라스콩이나 루앙에 가려면 기차를 타야 하듯, 별에 가기 위해선

죽어야 한다고 고흐는 독백했다. 고흐는 죽어서 별에 갔을까?

고흐는 외로웠다. 그가 그렇게 외롭지 않았더라면 그의 그림은 달라졌을까?

사랑이 죽은 자는 어디로 갈 수 있을까?

난 쇼펜하우어처럼 여자를 혐오하는 사람보다는 고흐처럼 여자를 좋아

하고, 창녀를 불쌍히 여기고, 그런 열정의 사람이 좋다, 그러나 귀를 자르

는 것은 어떻게 이해할까?

예술에의 사랑이 일상적 사랑을 못 하게 했다. 마치 조수미처럼

나도 김성우처럼 내 사랑은 태어나자마자 죽었나 보다 하고 위로한다

최고의 남자는 결혼 안 한 사람 중에 있다. 최고의 여자는 결혼한 여자

중에 있다

내가 흠모한 여자들은 다 결혼했다. 난 질투할 줄도 모르는 초식남자인

가 보다

사실 사는 것이란 돈을 벌고 가정을 꾸리고 그럭저럭 체면 유지하는 것

이었다

돌아보니 친구가 없다. 아니 있었는데 뭔가 아쉽다

무지개를 쫓다 보니 사랑도 죽고 우정도 멀어졌나 보다

온갖 사기(詐欺)가 판치는 세상, 거짓말을 대놓고 하는 세상

그냥 살자

내가 예술을 할 것도 아니고, 그렇다고 별에 갈 것도 아닌데

무엇이 아쉬워서 남의 사랑을 엿볼 것인가?

허물

애벌레가 번데기에서 벗어나듯이

나도 부끄러움에의 탈피를 해야겠다

나의 마음을 닫겠다

복잡한 구조적 문제에서 행여 일말의 진실을 놓칠지언정

그것은 남겨 두고 일단 마음을 쇄하겠다

표현하고 싶은 욕구 있으나

작위의, 위선의, 위악의, 위애의 행위들로 촉발된 하루는

괴로울 때가 적지 않다

책 속에서 사람을 만나고

오프라인에서 친구를 만나면 족할 것 같다

내가 즐겨보는 소설과 신문에서 한 인물에 대한, 시대에 대한 평이

달라 혼란이 느껴진다

하지만 어쩌하리, 의견개진의 다양성, 아니

어차피 계속 살아야 하는데

일단 나의 마음을 닫고 소설책을 가방에 넣고

혼란한 신문을 보러 집으로 간다

집으로 가는 길은 춥지만 소설 속에 적혀 있다

요컨대 용감과 비겁은 때의 勢에 따름이며,

강하고 약하고는 때의 흐름을 말하는 것일 뿐,

요컨대 세상은 옳게 바르게 착하게 살려는 사람들의 의욕으로써가 아니라,

프로이드도 융도 적출해 내지 못한 그저 암흑이라고 말할 수밖에 없는

의지의 역학에 의해 움직이고 있는 것이리라

자격

넌 외로워할 자격도 없다
일면을 보면 그렇단 이야기다

당신은 비를 맞을 자격이 있다
당신은 사랑을 잃었으니까

그는 시를 쓸 자격이 있다
아니 그는 누구보다도 시를 잘 쓴다
그는 몇 줄 안 되는 글을 위해
사랑을 버렸으니까

넌 나의 이름 부를 자격도 없다
일면을 보면 그렇단 이야기다

당신은 시를 쓸 자격이 있다
사랑을 잃었으니까
사랑을 잃고 나는 쓰네. 당신도 쓰네

그는 사랑을 할 자격이 있다
아니 그는 누구보다도 사랑을 잘한다
연어는 짝짓기를 끝내고 죽고
그는 시를 끝내고 죽었으니까

미학

색이 칠해진다
대상의 재현인가, 해체인가?
아름다움이 멈춘 생은 노래도 멈춘다

철학의 오랜 주제는 주관과 객관의 문제라는데
이건 죽음의 문제가 아니지 않은가?
색깔 자체의 아름다움은 색이 3가지로 도출됨에 따라

그 의미는 분명해진다
우산을 잃어버렸다. 가장 예쁜 우산이었다
미학에 대한 논의는 여유를 동반한다
색을 칠하기 전에 난 추위에 떨고
물건에 집착하고, 소실에 안타까워하며 그림을 바라본다
흰색을 검은 색에 덧칠할 순 없는가?

미와 추의 구분은 언제까지나 논란거리인가?
추를 제거해야 된다는 것도 아니고 미를 위해 추가 존재한다는 것도 아니다
다만,
그림 속에 내가 없고 내가 그린 그림이 아님에도 불구하고
여전히 해석에 매달려야 하는 어려운 그림 앞에,
아무도 팔지 않는 너의 그림을 사려 했던
2년 전 어느 날의 나의 모습이
또아리를 뜬 채 떠올랐던 것이다
슬픈 그림으로…

더엉실

꿈이로세 꿈이로세 삼수갑산 꿈이로세
바라던 곳이지만 와서 보니 아니로세
일이로세 일이로세 세상일 사람일이로세
사람의 일 아닌 것 없지만 그 시작과 끝을 알 수 없네

꿈이로세 꿈이로세 다시 꿈이로세
기억나지 않으니 꿈이요,
더 볼 수 없으니 일장춘몽이세

한 번 더 보게 되면
꿈에서 깨게 되면
노래하세 춤을 추세
우리 같이 즐겨 보세

권총이 한 정 필요하다

남자는 두 종류가 있다
여자의 사랑을 받은 자와 받지 못한 자
여기 여자의 사랑을 받지 못한 두 남자가 모여
권총 한 자루에 대해 성토하고 있다
그 녀석을 위해선 권총 한 자루가 필요하다
러시아 KGB부터 테러리스트에 대한 예찬까지…
그리고 세상에 그리 나쁜 놈이 있냐는 일반론 또는 푸념까지

"나쁜 놈 있다. 이 세상엔 분명 지옥도 있다"
이것은 나의 말
아름다움을 보기 위해선 추악한 면도 볼 줄 알아야 하고
테러리스트가 되기 위해선 권총 한 자루가 필요하다

---

* 냉전시대가 끝나고 지구촌 곳곳에서는 테러가 일어나고 있다. 힘이 넘치면 밖으로 나
오고, 세력이 균형을 잃으면 또 다른 갈등이 일어난다. 한쪽에서는 영웅이어도 다른 쪽
에서는 테러리스트인 경우도 있다. 테러리스트의 신념이 있다면 '한 명을 죽임으로써
백 명을 살릴 수 있는' 형가 같은 중국고전 속의 이야기에나 있을 것이다.

화가와의 대화
– 그림 속에 노래하는 이가 있다

춤을 추는 사람은
꿈이 있을 것이다
노래하는 이는
사랑을 하고 있는 것이다
그림을 그린 이는
사랑을 하고 싶을 것이다
단순 나의 추측이라고 하기에
그들은 여전히 노래를 하고 있다

나도 노래를 하고 싶다
혼자 훌쩍대는 것이 아닌
네 앞에서 하고 싶다
아니, 네 사랑을 보상하고도 남을 커다란 무대에서나…

자유로운 이는 일탈을 꿈꾼다
자유를 잃은 이도 일탈을 꿈꾼다
그러나 우리는 일탈에 대해서 함구한다

때로는 너무 조용한 나의 친구와

언어도단에 빠진 어느 사람과

그리하여,

춤을 추지 않는 당신과

노래를 멈춘 나와

그림을 보지 못하는 우리

이야기

속삭였어요
벙어리 새색시에게
꽃에게 말은 필요 없어요. 꽃은 그 모습으로 말을 할 뿐
그리고 이어지는 목소리
이제야 지킬 것을 찾았어요
이 내 몸 다 바쳐 지켜낼 것을…

사랑을 하면 시인이 된다고 하던가…
이 밤 나는 어느 문을 두드리고 있는가

타인의 이야기를 잠시 접어두고,

운명마저 검색할 듯한 인터넷에
나는 글을 옮기고 있어
예전처럼 노래는 들리고
그 노랫말은 사랑이야

무엇을 잃어야 뭔가를 얻는다니
그대를 얻기 위해 나는 무엇을 잃어야 하나
무엇을 잃지 못해 아직 나는 얻지 못했나…

술에 취한 눈과 입에서 내뿜는 연기
슬슬 내 이야기와 타인의 이야기를 헷갈리지
자신의 슬픔을 타인에게 설득시키는 자를
나는 철학자라고 하지

똑같은 레퍼토리라도
나는 말하지
'사랑에 실패했으면 시라도 성공해야 할 것 아닌가!'

무제 1

나는 당신의 생각에 찬성한다. 하지만 당신이 그 생각을 조금 바꾸도록
최선을 다하겠다[8]
내가 네 생각을 했다는 것을 네가 알고 있으리라고 내가 짐작할 것이란
것을 너도 알겠지

기억이 나지 않는다. 확실한 건 지금처럼 내 의지한 바 없이 심장은 뛰었
을 것이고, 이제야 아는 바이지만
실낙원(失樂園)의 순간은 바로 태어나는 순간이다

---

8 나는 당신의 생각에 반대한다. 하지만 당신이 그 생각을 유지할 수 있도록 최선을 다하겠다. - 사르트르

금서

금서의 첫 페이지
"내가 원하는 것은 오로지 너로 인한 나의 타락이다"

진실은 없어. 만약 있다고 해도 네가 알 수 없어
네가 아는 순간 그건 진실이 아니야

금서의 두 번째 페이지
"단 하나의 진실이 있다면 타락하기 쉽다는 것이다"

어디에도 완벽한 하얀색은 없어
이 눈밭에서조차도
마음속에서조차
나의 눈빛이 닿는 순간 그것은 퇴색해 버리지

금서의 세 번째 페이지
"모든 것은 반복한다. 죽음을 제외하고"

사람들은 누구나 욕망 앞에 서성거리지
새들조차 피하는 그곳에

금서의 네 번째 페이지
"구원받기 위해선 우선 타락해야 한다"

당신의 발밑에 내 꿈을 드리워요
당신이 밟는 것은 나의 꿈일 테니

금서의 다섯 번째 페이지
"타락한 자만이 이 문을 통과한다"

문둥이 시인이 있었어
길모퉁이에서 연인을 마주쳤지
거기에 옛 애인이 있었어
"나는 나는 죽어서 파랑새 되리" (한하운)

금서의 여섯 번째 페이지
"애초에 인간의 행복은 신의 창조계획에 포함돼 있지 않았다"

살아서 가능한 모든 것들 중에 가장 결정적인 것은
모두 다 죽는다는 것이다

금서의 일곱 번째 페이지
"나는 당신이 타락하기를 희망한다. 철저히…"

한 소설가가 있었어
마약하다 잡혀갔지. 이런 말을 남기며…
"나는 나를 파괴할 권리가 있다" (프랑수아즈 사강)

금서 읽기를 중단해야지
이곳을 떠나야 하고, 이미 타락했으니…

공간

정치엔 혁명이 있지만 인생엔 혁명이 없다

내가 생각하기에
인생엔 세 가지 혁명이 있다
태어나는 것, 죽는 것, 그리고 지금 이 순간 살아있다는 것

어떤 잘난 사람도 갖지 못한 고민을
내가 갖고 있다는 것에서
고민에 의미를 부여하며,
그러나 그 고민을 다른 누군가도
갖고 있을 것이라 믿는다

무제 2

공동의 적을 갖는다는 것은
친구가 되는 비결이다
이스라엘이 중동의 공동적이 되면서
중동은 단합하게 되었다고 한다
성경 구약은 이스라엘의 역사였다고 알고 있고,
주말에 교회를 가면 이스라엘 이야기도 자주 나온다
그때 그러니까 2,000년 전쯤에 예수님은 우리 코리아를 아니 단군나라
를 알고 계셨을까? 궁금하다

··· 회귀

문제라 하면 평생에 이어지는 것이다. 지난 것은 별거 아니다. 그대로 내 전부일 뿐이다. 누가 행복을 마다하랴… 그러나 모든 행복의 조건을 거부하라. 불확실한 행복에 매달리지 말고 구체적인 악을 제거하라… 좋지…. 하지만 무엇이 악인가? 하나의 악을 제거하려다 더 큰 악이 도래한 많은 사례를 알고 있다. 문제는 언제나 복잡하니까

그래도 가만히 있을 순 없다. 역사의 순리? 병, 부조리와의 인연? 관점의 차이? 수채화와 유화… 유화물감은 더 비싸다. 더 많은 투자는 더 많은 선택권을 준다. 사물의 본래 모습과 차별성을 드러내야지. 수요는 공급을 창조한다. 창녀는 그래 존재한다. 그렇게라도 살아야지. (혹은 누군가의 그림모델…) 사랑을 찾으려다 절망만을 찾을 수도 있다. 꿈을 찾다가 허무만이 남을 수 있다. 변화에 대한 갈망이 퇴보만 낳을 수도 있다. 싸우자고 하면서 준비는 하지 않던 서인의 모습, 바로 그것! 하지만 사람은 위험한 짐승이다. 집념은 욕망에서 나오는 법. 루비콘 강을 건너기 위해서라면 내 한 몸 바치리. 나의 집념은 너에 관한 화두일 것이다. 그 화두는 평생 이어지는 것이다. 그리고 영원으로의…

무제 3

자유로부터의 도피
죽음으로 삶에서 해방된다
죽음으로 지긋지긋한 욕망에서 해방된다
집념은 욕망에서 나오는 법
고로 집념은 죽을 때까지이다

사랑론? 형식의 파괴?
사랑한다고 나는 말할 수 없네
사랑에 있어 방법론을 생각하면 일종의 배신이다
지나간 사랑이 기억나 가슴을 치고 잠을 못 이룬다
아, 이 재미없는 생에 고거라도 있어야 하는데…
사랑이 없어 갈 곳이 없네

전쟁

아직도 세계 곳곳엔 전쟁이 있고
내전이 있고
우리나라엔 휴전선이 있고
그래서 정몽주는
타인소시 혹인루
누군가 웃을 때 누군가는 운다며
인생에 있어 희비를 논하지 말라 했다
행불행을 논하지 말라
행복해 보이는 사람이 자살하기도 하고
불행해 보이는 사람이 그리 불행하지만도 않다

신은 없다
있다 해도 신에게도 잘못은 있다

사랑은 없다
있다 해도 욕망보다 강렬하지 못하다
하지만 신이 있는 세상이 없는 세상보다 나을 것이고
욕망보다 소중한 사랑이 이 세상에 많아서 그나마 살 만한 것이라 생각
한다

* 니체가 신은 죽었다고 한 것은 무신론을 주장한 것이 아니다. 신이 있은 후에 죽을 수
  있는 것 아닌가!

꿈의 초대

목숨보다 소중한 건 없다

언젠가 죽음도 겪어야 할 인생

그러나 한 치 앞에 흔들리는 인생

인생에 있어 리허설은 없다

꿈이 소중한 건 생이 소중하기 때문이다

인생에 있어 쉬운 일이란 없다[9]

인생 10가지 중 마음대로 안되는 게 아홉 가지라[10]

비극인가 희극인가 아니면 이것도 저것도 아닌 회색인가?

인생을 가까이서 보면 희극이요, 멀리서 보면 코미디라[11]

꿈에의 초대

꿈을 억압에의 방출이라 하기엔

우린 분명 이불에 눌려 있다

젊은 시인이여 기침을 하라

젊은 시인이여 그대의 꿈은?

---

9 도스토예프스키의 말
10 사마천의 말
11 찰리 채플린의 말

편 가르기

도스토예프스키를 읽은 자와 안 읽은 자
그대를 사랑한자와 그렇지 않은 자
꿈을 꾼 자와 꾸지 않은 자
모순이란 창과 방패요, 한비자는 요와 순 둘 다 성인일 수가 없다고 했던가!

한비자가 말한다. 사랑하지 말라
사랑하면 사람을 믿게 되기 때문이다
한비자는 군주론보다 훨씬 시대적으로 앞선다

상앙의 법과 신불해의 술
예수가 말한다. 이웃을 사랑하라
원수를 사랑하라

르포르타주

기록문학이라고도 한다
이병주에 따르면 조갑제가 처음 썼다고 한다

조갑제 씨는 우익이요 아무개 씨는 좌익이요
이병주 씨는 회색이었다
기록자는 회색이 되어야 한다
세상에 좋은 말이 부족해서 세상이 혼란스러운 건 아닐 것이다
Simple is the best
You are what you eat,
You are what you read
You are what you see
박완서 씨는 이 세상에 텍스트가 넘친다고 했다
예리한 분석이다
선택과 집중?
조정래의 『태백산맥』은 빨치산에 대한 애정이 담겨 있다고 하는데
이병주의 지리산을 모태로 했지만
대중의 선택을 받았다
마치 앤디 워홀처럼

모든 말을 할 순 없다

세상에 있어 쉬운 일이란 없다
딱 하나 있다
바로 좌절하는 것!
유전무죄 무전유죄?
유권무죄 무권유죄!

사랑에 있어 실패란 없다

고흐는 사랑에 실패했고
사랑에 실패했다는 것은
인생에 실패했다는 것을 의미하는지도 모른다
그래도 해바라기를 그려야 한다

중용이 적당히는 아니다

필부에겐 일녀면 족하다

중용이라 하지만 수명은 다다익선이 좋고

인생은 허무라 하기엔 아픔이 짙고

고해라 하기엔 스케일이 작다

꿈은 있지만 몽상가가 되기 쉬우며

추억이 있지만 과거에 얽매이기 싫고

현재는 시간이 아니고

난 그대에게로 갈.것.이.다

갈구

인생은 재미가 없다
그것을 온몸으로 증명해야 한다
그리고 시를 써야 한다
삶은 단어 그대로 우리의 전부이니까
그리고 사랑 없는 삶은 일종의 고갈이다
그리고 또 물이 마시고 싶다

모든 행복의 조건을 거부하기엔
난 너무 세속적이고, 유혹은 많다
불가능한 일을 꿈꾸기에 앞서
성적인 생각이 앞을 가린다
남녀 사이엔 수많은 일이
가능하겠지만 바탕은 성적이니까
그것 역시 온몸으로 증명해야 한다

베르테르와 카뮈

천재는 고독한 법이야
이 말을 달리 해석하면 고독하면 천재인 거지(논리의 오류)
무릇 모든 개체는 천재부터 너울에 떨어진 이까지 뭉뚱그려
모두 고독하지
그리고 모든 행위엔 이유가 있어
이는 모든 행위엔 이유를 붙일 수 있다는 말이기도 해
베르테르는 유부녀를 사랑하다가 좌절해서 자살했다고 해
슬픈 이야기인가?
카뮈는 인간최후의 과제는 자살의 원인을
밝히는 것이라 했어
헤밍웨이는 거칠게 살다 엽총으로 스스로를 쏘았다고 해
수녀님과 신부님이 보카치오의 『데카메론』을 연출해도
이를 탓할 권위란 없어
사랑에 있어 방법론을 생각하는 건 일종의 배신이야

당신에게 줄 편지가 있다

왜 닫힌 문 앞에서 서성이는가?

그 안에 네가 있을 테니까

역경을 이겨내고 피어난 꽃이 모든 꽃 중 가장 진귀하고 아름답다

삶은 아름답다고 한다
추악한 건 오히려 인간 쪽이었다고 하는데,

또 다시 문 앞이다
그리고 언제나처럼 문제 속이다
다만 한 가지 문제에 빠져있을 때야 다른 문제를 잠시 잊을 뿐

네게도 문제가 있겠지
너 역시 문 앞에서 서성이겠지

당신에게 줄 편지가 있다
아름답지 못한 인간이 쓴
아름다운 편지

자유냐 비자유냐를 가르는 건 행위

할 말이 없다

할 말이 없다

1년이 지났는데 여전히 할 말이 없다

달리 갈 곳이 없는 것도 아닌데 할 말이 없다

펼쳐 든 종이에 달리 할 말이 없다

좋은 시대인데

할 말이 없다

그래 시간은 언제나 변함없지

흐르는 건 내 자신일 뿐

시간은 언제나 멈춰 있겠지

할 말이 없어

커피를 또 마시고

지나가는 이를 흘깃 보고

할 말이 없는 내가 좋아하는 단어는

'행위'이다

행위, 얼마나 멋진 말인가!

행동, 몸짓하고는 뉘앙스가 다르다

할 말이 없다 라고 쓰는 행위…

멈춰진 시간 속의 행위

네가 멈출 수 없는 나의 행위

『차라투스트라는 이렇게 말했다』가 만일

『차라투스트라는 이렇게 행동했다』였다면…

혁명은 행위가 절실히 필요하다

인생엔 원래 적극적인 사람이 유리하다

우리에게 필요한 건 혁명이 아니라 사랑이라 한다

내가 하는 행위는 할 말이 없다고 적어나가는 것이다

그런데 정말 할 말이 없어야 하는 순간일지도…

두고 온 하늘

산에 높낮이가 있듯이
사람에게도 높고 낮음이 있다
골짜기에 깊고 얕음이 있듯이
사람에게도 깊고 얕음이 있다
그런데 모두 순간을 느낄 뿐이다
어떠한 차이가 있든 순간을 느낀다는 공통점이 있다
우리가 느끼는 시간은 언제나 지금 이 순간일 뿐이다
그래서 선택을 미룰 수 없다
이 순간,
내가 두고 오고 싶은 건 오로지 하늘뿐이다

희망은 좋은 거고 좋은 것은 죽지 않지
두고 온 하늘엔 언제나 희망이 있을 것이다

그 옛날 하늘이 신이였던 적이 있었다
어찌 인간이 신이 없다고 증명할 수 있겠는가
마찬가지 부피로 어찌 인간이 신이 있다고 증명할 수 있겠는가
증명이 등장하면서 하늘은 더 이상 신이 아니다

그래도 여전히 내가 바라마지 않을,
두고 온 하늘…

편지

편지를 쓰는 거야

그래 지금 난 편지를 쓰고 있고

넌 지금 읽고 있어

확실한 것은 내가 두 곳에 동시에 있을 수 없다는 것이야

불확실한 것은 과연 이 편지가 너에게 전해질까?

전해줄 대상도, 전달될 방법도 불확실하게 어떤 이가 마치

독방에서 유서를 쓰듯이 편지를 쓴다면 그건 우울한 편지일거야

펜도 없이 마음속에 그리고 있다면 마음속의 독백쯤 될까

어떤 경우라도 누군가를 생각하고 있을 거야

사랑-타인의 이름, 또는 낯선 기억, 또는 깨우치지 못하는 일상

내가 만일 신을 생각한다면 분명 나와 닮은 점이 있게 상상할 거야

악마도 마찬가지지(상상력의 한계지)

그리고 우리는 자기와 닮은 이를 좋아해

책을 좋아하는 것도 책 속의 인간을 느끼기 때문이고

돌을 좋아했다는 어떤 멍텅구리 왕을 제외하고 대개 그렇지 않을까 해

단순히 즐거운 편지라고 한 건 네게 쓰고 있기 때문이야

즐거울 수밖에 없는 편지

마주볼 수 없기에 대신 보내는 편지

나는 아직 보내지 않았는데, 넌 지금 읽고 있는 즐거운 편지

패배자의 서언

어쩌면 성공할지도 모른다
그러나 확실히 죽는다
그럼 마찬가지 아니더냐

인생은 책과 같다
수많은 페이지가 있으니,
그 중 한 페이지는 패배자를 위한 것이다
그 중 한 페이지는 패배자를 위해 할애해도 무방하다

오늘 나는 패배하는 꿈을 꿨다
깊은 곳에서 꾸어진 꿈은 웅장한 노래 같았다

오솔길에서 시작된 나의 시간은
아쉬웠고 지금도 계속된다

인생필패!
인간은 누구나 한 번은 진다
그리고 그 마지막 패배는 영원하다
갈 길이 막막하다

비소설가 이 모 씨의 하루

백수가 되어버린 이 모 씨는 할 일 없이

돌아다니고 있다

오늘의 동선은

교보문고 → 효창공원 → 홍대 앞

이러했다

사랑도 하나의 도그마, 그것을 벗어나려면

홀딱 벗어야 되는데 그건 비현실적

어디에 얽매이지 않으려는 사고 자체가

얽매이게 한다

이런 전혀 생산적이지 않은 사고를 하며,

길을 헤맨다

꼬마아이에게 길을 물으면 혹시나 하고 겁내 하고

효창공원에서 먼저 다가가 사진을 찍어주니 세 여학생은 매우 좋아했다

문득 효창공원과 독립공원 나아가 김구와 서재필을 비교하게 된다(김구와

이승만이 아니라…)

서재필 씨는 우리나라 최초의 서양 의사요, 본인 때문에 삼족이 멸족 당

한 비운의 위인인데

기념관 하나 없는 거 보니(이승만도 없지만) 역시 영웅은 권력의 입김이 작용

하나니

다시 생각을 한다. 신이 있다고 믿는 것이 확률적으로 좋듯이

운명은 반대로 없다고 믿는 게 확률적으로 좋다

생각할 자격이 없는 백수가 다시 생각을 이어간다
얽어매는 도그마라도 사랑은 있으면 좋은 것
얽매이지 않으려는 태도보다 이왕이면 가치 있는 것에
얽매이고 싶은 것이 인간적인 것

소설가 구보 씨의 외손자가(?) 봉준호 감독이라는데

말할 수 없을 때는 침묵하라고 하지만
어제의 서울역 앞에는 노숙자의 소변냄새가 났고
거기서의 공연은 6,000원이라는 거금을 들여 봤지만
마르셀 뒤샹의 변기통, 뭐 그런 예술이었으며
효창공원의 노인 분들은 장기를 두고 있었는데,
시간은 한 번 가면 오지 않나니
돈이 문제라면 문제인데
돈이 도그마가 되기엔
싫어하는 이가 없는지도 모른다

단 한 번

애덤 스미스의 『국부론』에 '보이지 않는 손'은 단 한 번 나오고
다윈의 종의 기원에 '진화'라는 단어는 단 한 번 나온다
나의 일기에 '너'는 단 한 번 나옴으로 족할 것이다

세상에 옳은 소리가 부족해서 혼란한 게 아닌데
오늘도 모두들 옳은 소리를 내뱉고 있다
한 명쯤 틀린 소리를 해줘야 하는데,
이왕이면 시의 형식이면 좋겠다

천국이 있다면 도서관 같을 것이다[12]
헛되이 보낸 시간에 대한 죄로
요사이 대가를 받고 있다

인간-호모 사피엔스
인간과 침팬지는 다르다
인간과 침팬지 사이에서 2세가 나올 수는 없으니까
얼굴도 다르다
그리고 인간은 신을 믿는다

---

12 보르헤스의 말

인간이 미혹한 지 오래되었다[13]

슬퍼하지 말자

내 자신 쉬이 달라지기도 어려우니…

13　노자의 말

불황에 나는 시를 쓸 수가 없다

불경기는 deflation이고 한 단계 더 나아가면 depress불황이다
무언가 글을 흔적을 남기고 싶은 이 순간
위신엔 형식이 필요하고 형식엔 절차가 필요하다
그래서 나의 선택은 A4[14]의 인터넷 지면을 할애하는 것이다

일전에 말했듯이 이병주는 내가 좋아하는 소설가였고
그는 자기 발밑에 발자크를 두고 싶다고 했었다
그리고 말했다
역사가 승자를 기록할 때 문학으로 패배자의 아픔을 쓰겠다고…
거기에서 문학은 소설이었다
사실인즉 누군가의 아픔을 짧은 시로 쓰기엔 힘든 면이 있다
그러면 난 시로 뭘 써야 할까…
승자도 패자도 아닌 그 무엇들의 군상을 써야 하지 않을까 한다
부자도 더 부자가 있고
행자도 더 행복한 자가 있고
슬픈 자도 더 슬픈 자가 있지 않는가

일반론이 성립되지 않기에
인생엔 사기가 성립되고,

---

14 A4 : 춘천을 중심으로 한 문학동호회

똑같은 레퍼토리여도 난 즐겁고(꼭 같은 레퍼토리여도 좋으니 너는 오라 여에게로)
모든 걸 고백할 수는 없다

말할 수 없는 그 무엇을 예술이라 한다
말할 수 없는 그 무엇을 용기를 가지고 말한다면
당신은 시인!

존재

나는 생각한다. 고로 나는 존재한다 (데카르트)
나는 생각하는 데서 존재하지 않고, 존재하지 않는 데서 생각한다 (라캉)
나는 쓴다. 그렇다고 존재하는 것은 아니다 (나)

너는 벗는다. 그러므로 너는 존재한다
너는 벗는다. 내 앞이 아니라면 다른 곳에서라도 반드시 벗는다
모든 명제를 의심할 순 있지만 이것만은 절대 의심할 수 없다
고로 나는 이것을 제1명제로 한다. 너.는.벗.는.다
여자의 나체는 남자의 환희
흰색의 베아트리체
여왕처럼 굴던 그녀가 이제 거지처럼 사랑을 애걸하네 (뱅자맹 콩스탕)
너는 존재한다. 고로 사랑도 존재한다

신을 논할 것인가
사랑을 얘기할 것인가
그저 내 스스로 시가 되어 시처럼 몰락할 것인가…

아… 그러나 저는 이도 저도 아니고 그저 침묵해야 할 것 같습니다
Good bye!

부정(否定)

나폴레옹은 위대해야 한다. 그로 인해 죽은 사람들이 너무 많기 때문이다
마찬가지로 신은 존재해야 한다. 존재를 증명하기 위해 떠나간 사람이
너무나 많기 때문이다. 신앙에 귀의하는 것이 철학적 자살일지라도, 권
력에의 의지란 다름 아닌 전쟁터에서 일개 병졸이 되기 싫은 것이리라
소설의 주인공은 대개 소설가를 닮는다 한 소설의 주인공을 닮아
나는 침묵하겠노라. 다만 나의 침묵이 너의 기쁨이 될 수 있다면…
그리고 나는 당신을 사랑한다
좀 더 엄격히 말하자면 당신을 사랑하는 내 자신을 사랑한다
사랑에의 의지는 삶에의 의지와 다름 아니다
당신을 위해서 난 일개 병졸이 될 수 있다
당신을 위해서 난 신앙에 귀의할 수 있다
당신을 위해서 난 위대한 것을 부정할 수 있다
더 많은 숫자가 사랑으로 죽었는지도 모르는 일이다

세상의 이름

사랑할 때 우린 세상의 주인공이 된다
그러나 노래가 흐르는 지금
사랑이 없어도 나는 외롭지가 않다

아 그러니까 인간은 유일하게 자살을 할 줄 아는
동물이란 건데 인간 중에 누구하나 자살을 생각해 본 적 없는
이가 있을까
좌절하긴 쉽고 희망을 갖기는 어렵지만
용기 있는 자는 어려운 상황 속에서도 희망을 찾는다는 이야기인데

난 오늘도 가벼운 주인공이었다
인생은 무거운 것일 터인데
너무나 가벼운 단막극을 연출하고 있다

그럼에도 바람이 있으니, 내 시가 스스로를 위로해
주기를 바라는 것이다
이런 나에게 세상의 이름은 무제다
그런데,
백혈병에 걸린 이에게 세상의 이름은 백혈병일지도 모른다
딸이 억울하게 죽은 이의 아버지는 TV에 나와 꿈에서도 딸이 안 보인다
고 하소연한다
… 세상에 쉬운 일은 없는데 딱 하나 있다면 바로 좌절하는 것
그리고…
나.는.나.하.나.위.로.하.지.도.못.하.고. 있.다.

선택의 기로

친구의 결혼식에 축가가 퍼졌다
곡 제목은 '님은 먼 곳에'

청년백수가 300만 명이라고 한다
통계의 허에 대해서는 익히 들었으나
이 말만은 사실이기를 빈다
위안을 삼을 수 있기 때문이다
원래 우리는
다른 사람의 행복보다
불행에서 위안을 얻곤 했으니까…

다른 사람의 태산 같은 아픔보다
내 티끌 같은 아픔이 크게 느껴진다

가난의 딜레마, 貧

가난이라는 에필로그 혹은 그에 대한 에피고넨

사랑을 나누지 못할 만큼 가난한 이 없네
이 세상에서 제일 가는 부자는 욕심 내지 않는 사람이라(富莫富於不貪부막부

어불탐)[15]

오직 가난한 자만이 죄가 없다(가난의 이데올로기)

돈을 욕하지 말라. 추악한 건 오히려 우리 쪽(인간)이었다[16]

나쁜 독재자는 가난한 자의 편인데 그가 집권을 유지하기 위해선 계속

사람들이 가난해야 한다

내가 가난하지만 내가 가진 것은 가난 이상이라

나는 돈이 부족해서는 안 된다. 내게 부족한 것은 오로지 시간이어야 한다

---

15 이지함의 말
16 도스토예프스키의 말 변주

행복에의 의지

내가 궁금한 것은
사람들이 왜 자살하는가가 아니고
왜 자살하지 않는가이다. 즉, 삶의 의미는 무엇인가?
삶에 궁극적 의미는 없다지만 그래도 다들 열심히 살고 있다
나도 그러하고 싶다

문제

어디에나 문제가 있다

내 문제를 계기로 다른 곳을 유추해 본다
남을 알고 싶으면 자기 마음을 보라고 하지 않던가
문제가 있다고 해서 뭐 그리 문제될 것도 없다

문제가 있든 없든 누군가는 부조리를 발견하고
누군가 문제를 지적하면 누군가는 다른 데서 원인을 찾으니까
진리가 없어도 문제는 있다는 것은 오히려 마음 편하게 해 준다
체념의 철학
정답은 없다. 오직 문제만이 있을 뿐(철학에선 답보다 질문이 중요하다)
덩그러니 혼자 고아처럼 남은 문제는 사형을 기다리는 죄수처럼
수갑을 찬 채 비자유로써 자유를 역설하며…

우울증

지옥이 있다면 그때의 내 마음속이 지옥이리라
우울증에 제대로 빠진 이는 손을 들 힘조차 빠져
차마 자살을 할 힘도 없다고 한다
우리에게 필요한 건 기억이 아니라 망각이다
허무를 극복하기 위해 필요한 건 수많은 기억이 아니라
허무를 잊는 것이다
잊어라, 영원히 잊힐 때까지…

결혼하지 않는 것도 반은 성공이라
일단 실패한 결혼을 할 가능성을 미연에 방지하는 것 아닌가
허나 결혼하지 못했다는 것은 다른 말로 실패한 결혼이다

우리 어머니는 오늘도 기도를 한다

병균

병균은 건전한 조직보다 상처 입은 곳으로 스며든다
반체제적 사고도 상처 입은 이들에게 들어간다
그래, 절망한 자를 보듬어 주어야 한다
어찌 인간의 값이 정해져 있으랴

사랑이 없으면 조금 외롭다
돈이 없으면 비참하다

인생은 괴롭고 슬프고 그것마저 짧다는 그 말

하지만 지리한 일상
지금의 이 순간이 행복했음을 깨닫는 순간이 오겠지만
나도 인간인 이상 비교하고 낙담한다

인생은 원래 그러한 것이거늘,
이제 남의 이야기가 아닌 내 이야기를 만들어 가자

내일은 없다. 적어도 나에겐 내일은 없다고 생각한 적 있었다
인간에겐 사랑과 한계가 있다
적어도 나에겐 일그러진 행복이 있다

발기 상태에서 철학을 논쟁하는 것은
comedy거나 위대한 것이다
마스터베이션의 뜻이 해방이라고 하지 않던가
조건부 해방, 조건부 유예

말이 많다는 것은 위선을 촉발한다

그때 얼마나 행복했는지 그때는 몰랐으니,
뒤죽박죽 글의 전개가 나의 정신상태의 혼란함을
단면으로 보여주니,
풍속의 뒷면엔 성 풍속, 그리고 경제가 관련 있고
인간은 자기가 힘들어야 비로소 다른 힘든 사람의 처지와
자신의 과거를 안타깝게 쳐다보기 시작한다

강함

노자의 글이 거실에 붙어 있다
"남을 이기는 것은 강하나 자신을 이기는 것은 더 강하다"
이름도 찬란한 불멸…

남을 사랑하는 것은 위대하나 자기 자신을 사랑하는 것은 더 위대하다
남을 어떻게 사랑하느냐에 따라 음탕하다란 꼬리표를 얻을 수도 있을 것
이다

낙서 1

나폴레옹이 위대해지는 데 만 명의 목숨이 필요했듯이
나의 시가 완성되기 위해서 100개의 사랑이 필요하다
… 그러나 그 사랑은 이루어지지 않는 것이외다

행복어사전

내가 기다리는 것은 두 가지다

한 가지는 행복, 한 가지는 죽음이다

그런데 기다려 본 이는 알 듯이 뭔가를 기다린다는 것은 힘들다

우리 엄마는 암과 싸우신다. 그건 분명 위대한 싸움이다

나는 무엇을 위해 투쟁했던가!

내 자신의 행복을 위해서 싸웠을 뿐이다

그런데 내 자신의 행복마저 얻지 못한 것 같으니,

나는 데데한 녀석이 틀림없다

대기만성(大器晚成)이란 사자성어가 마음에 든다

언젠가 성공하겠지

오늘은 만해마을에서 행사가 있는 날

갈까 생각도 했지만 늦게 일어나 도서관에 갔다

무명 소설가 아저씨와 커피를 마신다

내 마음속의 고민을 털어놓았다

누구나 자신의 행복을 위해 아등바등 하지만

다들 그렇게 행복하지만은 않은 것 같으니,

행복을 위해 한 일이 불행이 되어 부메랑으로 돌아오기도 하는 것이다

내 지금 여기서 행복어사전을 홀로 적어 보자

하나, 모든 행복의 조건을 거부하라 (이병주)

하나, 타인의 불행이 나의 행복이 되어선 아니 된다

하나, 불확실한 행복에 매달리지 말고 구체적인 악을 제거하기 위해 노력하자 (칼 포퍼)

하나, 불행하지 않다는 것이 행복하다는 것이다

하나, 행복하지도 불행하지도 않은 일상 역시 소중하다

하나, 행복은 누리고 불행은 견뎌라!

하나, 행복을 위해선 처절해야 한다

하나, 뭔가를 얻기 위해선 뭔가를 잃어야 할지도 모른다

도미에의 풍자화 해석을 본 적 있다

사람이 수탈당했을 때 반항하는 것은 당연해. 그런데 궁금한 건

대다수의 사람들이 수탈당했을 때 가만히 있었다는 것

이 모든 것은 내 자신에게 묻는 것이다

오늘도 너를 뜨겁게 가슴에 쓴다

행복이여! 어.서.오.라.

과정

죽음을 향해 전진한다
그 사이 사랑을 만나 잠시 기뻐하다

뭉크의 '질투'란 그림을 본 적 있는가?
나 역시 너의 연인에게서 질투 비슷한 감정을 느낀 적
있으나 인생에서 갖지 못하는 것을 몇 가지 갖는 것은 중요하다

조지 무어의 『케리드 천(川)』이란 소설엔
"사람은 원하는 것을 찾아 전 세계를 돌아다니다가 고향에 와서야 그것
을 발견한다"란 구절이 나온다
너에게서 진정한 나의 번민을 발견하다

멈춰있는 것만 같은 삶이 어디론가 가고 있다
그 사이 사람을 만나 잠시 꿈꾸다

낙서 2

기쁨만큼 슬픔도 인생에서 느껴야 하는 중요한 감정이다
자! 이제 헤어짐의 시간이 다가왔다

우리가 고민하는 것 중에 죽음만큼 심각한 것이 없고
삶처럼 절실한 것이 없다

지금의 헤어짐은 다시 만나기 위한 헤어짐이라 믿는다

시는 시일 뿐

세상에 흔적을 남기기 위해 난 널 잊어야 한다

허무주의를 알기 위해 널 만나러 간다

이제 곧 너는 병원 문을 닫고 저 인파 속으로 사라지겠지

너의 사회적 위치는 간호조무사

너의 호적상 위치는 유부녀

진보적 신부님이 수녀님과 보카치오의 『데카메론』을 연출하듯

나는 한국판 베르테르를 연출하고자 한다

물론 리메이크다. 21세기에 맞게. 로미오 머스트 다이(must die)지만

주인공이 죽을 수 있나. 주인공이 난데

키워드도 슬픔이 아닌 환멸이다

난 어제 널 보지 못한 허탈감에

누구는 에메랄드빛 하늘 아래 우체국 앞에서 편지를 쓴다지만

여는 방안에 홀로 앉아 어두컴컴한 모니터를 앞에 두고,

낯모르는 여인의 유방을 응시한다

역시 가슴은 B컵 정도는 되어야…

허나 슬프다, 슬프다

환락극혜애정다, 극에 달하는 환락에 가보지도 못했지만

환락이 다하면 슬픔이 찾아오는 법

무제는 사마천의 거시기만 자른 게 아니라 이런 멋진 말도 남겼다

20세기가 군중 속의 고독이었다면 지금은 바야흐로 인터넷 속의 고독

니힐리즘의 시대, 불륜의 시대, 낙태의 시대

나는 더욱 더 고독 속으로 침전하는 나를 본다

고독의 원형이 보이는 듯도 하고 니체의 고독을 알 것만도 같고
고흐의 고갱에 대한 미움이 느껴지고 프로이트가 이해되며
프로이트의 이론이 과학이 아니라 이데올로기라고 말한 칼 포퍼가 제 보
이는 듯하다

드디어 나온다. 기다린다는 것이 뭐가 쓸쓸하단 말이냐
오늘 난 널 기다려 행복했다

낙서 3

식물의 강인함은 그 보수성에 있다

아버지를 죽이고 어머니와 결혼한 오이디푸스

그 이야기의 마지막은 이런 시로 피날레(finale)를 맞습니다

죽어야 할 인간일랑 행복하다고

여기지 말라

삶의 종말을 지나

모든 고통에서 해방되기까지…

* 그러하니 신이 필요하다는 역설이 생기지요.

　신이 있다면 죽는 것도 기쁘다. 신이 없다면 사는 것도 괴롭다. (아우렐리우스)

효

아버지를 죽인 진시황, 아들을 죽인 영조
그러고 보니 효 사상은 이데올로기(Ideologie, 이념理念)였습니다
어버이가 자식을 좋아함보다 자식이 어버이를 좋아한다는 것에 위대함
이 있는지 모릅니다

행복이라는 거대한 관념

행복은 만족에 있다
그런데 만족하면서까지 꼭 행복해야 하는가?

나는 나의 불행을 너의 행복과 바꾸고 싶지 않다

마음의 구원

구원을 찾아 나는 글을 쓴다
인생 열 가지 중에 마음대로 안 되는 것이 아홉 가지라[17]
어둠속에서야 별이 보인다
과연 난 이 어둠을 어떻게 극복할 것인가!
고독과 함께 있어 난 외롭지 않네[18]
외롭다면 그것은 철학자를 닮은 것이다

---

17 사마천의 말
18 조르지 무스타키, '나의 고독'

무제 4

나 죽으면 한 개 바위가 되리라
나 살아선 그대의 연인이 되리라 - 유치환, '바위'

가장 철학적인 질문은
신에 대한 질문도,
존재, 실존, 언어도 아니고
'인생은 과연 살 만한 가치가 있는가?'이다

바다를 가로지르는 시원한 바람
이 바람을 느끼기 위해서라도
삶을 살 만한 것이다

죽어서 바위가 못되어도 좋다
살아서 그대의 연인이 못되어도 좋다

삶이 의미 있는 것이지
다시 한 번 묻기 위해
다시 한 번 살아야겠다

그러나 나는 필부다
그리고 나는 나다

삶은 나를 찾아가는 여행이라는
레토릭(rhetoric)이 가능하다

어제는 서귀포 시내를 동기들과 헤맸다
오늘은 홀로 이중섭 미술관에 갔었다

그렇다. 삶은 선물이다
바람이여 다시 한 번 불러다오
바람이여 내 이름을 불러다오

지나간 것은 그냥 지나간 것이 아니다
경험으로 화(化)하여 나에게 뭔가 가르쳐 주고 있을 것이다

기쁨과 고통을 함께…. 가르쳐 주고야 말 것이다

선상메모 1

Part 1. 젊은 날의 경사

고흐는사랑에실패했다사랑에실패했다는것은인생의실패를의미하는지도
모른다그래도해바라기를그려야한다사랑말고어디서성공을찾을것인가사
랑할때인생의무대는연극무대로바뀐다이것이사랑예찬론자의예술관이다
그렇다고사랑을못했다고절망할것도없다희망없는사랑을하는사람만이사
랑의의미를안다고한쉴러처럼그런대로사랑의실패는사랑의환상을유지시
켜주는것이다.

Part 2. 인생유전

모든인생은결국실패한다인간은유일하게자살한는동물이란건데아!인간
중에자살을한번도생각안해본이가있을까인간이위대한이유는인간이죽기
때문이다그런데인간은사랑을하고죽는다인간은유일하게사랑때문에자살
을하는동물이다죽음이장엄해야하듯사랑은야해야한다오감을넘어말초신
경이뒤흔들린다그러나다시인간은위대하다인간은죽기때문에사랑을하기
때문에…인생은사랑을할때예술로승화된다인간도결국죽음으로써실패하
지만그렇지않았던들신은존재치못했으리라그러하니인생은이를슬퍼하면
되는것이다사랑을꿈꾸고죽음을망각하며

선상메모 2

인간은 죄를 지을 수밖에 없다. 그렇다고 벌을 피할 수도 없다 (『죄와 벌』,
도스토예프스키)

인간은 더러운 강물과 같다. 깨끗해지기 위해선 스스로 바다와 같아져
야 한다 (니체)

정치가 다루는 것은 사실이 아니라 사실에 대한 인식

명증의 허위-이론이 정연할수록 그만큼 현실과는 거리가 멀다 (『패자의
관』, 이병주)

수치

자위가 더 수치스러운가, 돈으로 성(性)을 사는 게 더 수치스러운가!

슬픔이 넘치면 시가 나온다
사람이 고통을 당하면 그 의미를 캐기 마련이다
지금 내가 겪는 고통은 무슨 의미가 있을까 하고
나의 고통은 나뭇잎 하나 푸르게 하지 못한다[19]

사람은 천국이 아닌 지옥에서 꿈을 꾼다
내가 있고 그리고 세상이 있다

---

19 이성복, 『네 고통은 나뭇잎 하나 푸르게 하지 못한다』

부두

부두에서 멀리 있는 사람을 바라본다
한 점이다
불행도 이와 같은지 모른다. 멀리서 보면 한 점이다
그 한 점에 절망하는 사람을 위해 나는 눈물을 흘린 적이 있던가

망각은 좋다. 허무할지라도
기억은 좋다. 추억이 있으니,

바다를 바라본다, 바다는 푸르다
바다를 바라보면서 어찌 지나간 일을 안타까워만 할 것인가
바다가 눈앞에 펼쳐져 있는데
넘실대는 바다…

외로움도 쌓이면 강이 된다고 하지
그 강은 바다로 간다네
시간이 흘러야 바다에 이르겠지

나는 어디로 가는가
이대로 가다보면 언젠가
내 사랑하는 사람들과 헤어져야 하는가

산으로만 둘러싸인 고향에서

이제 바다로만 둘러싸인 서귀포에 왔다

그만하면 난 행운아다

배가 항구로 돌아가듯이

난 고향으로 돌아가야 한다

사랑론 1

사랑은 삶을 통해서만 획득된다

그러나 영원은 죽음을 통해 획득된다

그러나 영혼은 죽음을 통해서 이동한다

그러나 사랑은 몸을 부대껴야 전달된다

그러나 사랑은 누군가의 흔적을 영원으로 바꿀 수 있다

그러나 사랑은 너무 가볍고 죽음은 너무 무겁다

그러나 사랑과 죽음은 너무 가벼운 말이 돼 버렸다

그러나 각자 사랑할 뿐이다

그러나 각자 죽을 뿐이다

그러나 삶은 계속된다

사랑과 죽음을 통해서

사랑론 2

나는 너를 사랑한다. 좀 더 정확히 말하자면 너를 사랑하는 나를 사랑한다

나는 너를 사랑한다. 좀 더 정확히 말하자면 너를 대하는 방법론으로 사랑을 택한다

나는 너를 사랑한다. 좀 더 정확히 말하자면 사랑을 위해서 네가 필요하다

나는 너를 사랑한다. 좀 더 정확히 말하자면 나를 사랑하기 위해서 너의 사랑이 필요하다

너의 그 말

신을 논할까, 사랑을 얘기할까, 그저 내 스스로 시가 되어 시처럼 몰락(沒落)할까…

언어는 전부이다. 왜냐면 행위도 하나의 언어이기 때문이다. 그리고 모든 행위는 결과를 촉발한다. 사랑의 행위는 어떤 결과를 낳을까?

그것도 모른 채 끊임없이 사랑을 갈구한다. 그토록 사랑을 찾아 헤맸지만 자신을 사랑한 적 없다는 어느 시인의 말처럼, 그토록 사랑을 찾아 헤맸지만 내 자신만을 사랑했을 뿐이다. 그것도 모자라게…

비록 내가 사랑하지 못한다 해도 나는 존재한다

증명

삶으로써 증명되는 것이 있고 죽음으로 증명되는 것이 있다

꿈이 삶으로 증명된다면 죽음으로 진실은 증명되는 것이다

전자는 조금 기쁠 수도 있다. 그런데 후자는 확실히 슬프다

이렇듯 확실하지만 난 나의 존재가 100년이나 된 것 같다. 불행한 것은

타인도 나처럼 느낀다는 것이다

증명하려고 산 이가 있다

증명하려고 죽은 자도 있다

꿈이라고 부르는 이가 있다

진실을 안다고 외치는 이도 있다

다행히 존재가 관계의 증명은 되지 않는다. 증명할 수는 없어도 한때 존

재했다는 것은 시간이 지나도 영원하지 않은가

시간이란 것을 인식하고, 관념화하고 그리 다시 우리는 들리는 대로 인

식하고 인식한 대로 듣는다

내 한 몸 바쳐서 증명해야 할 것은

나의 존재가 아닌 너의 부재다

너의 부재로써 드러나는 시간의 아름다움이다

그러나 필경 내 증명하지 못하는 것은 최후의 너의 모습이자,

최후의 판결이다

영원은 우릴 숨 막히게 하지만 우린 영원을 바란다

영원할 수 없는 진실에 슬퍼하기도 전에 시간은 또 간다

너는 증명하지 않았지만

나는 너를 본다. 마치 난 증명할 수 있다는 듯이

꿈

인생은 이를 사느니 꿈꾸는 편이 낫다 (이병주)

꿈을 꾸느니 그대를 사랑하고 싶다

사랑하느니 차라리 애무하고 싶다

애무하느니 그대의 행복을 빌고 싶다

행복을 비느니 내 옆에 가둬두고 싶다

가둬두기 보다는 같이 떠나고 싶다

떠나더라도 손을 잡고 가고 싶다

손을 잡으니 키스가 하고 싶다

키스하느니 섹스를 원했는지 모른다

섹스하느니 그대 앞에서 죽고 싶다

죽을 때 죽더라도 그대를 목도(目睹)하고 싶다

인생은 이를 사느니 그대를 꿈꾸는 편이 낫다

제8의 아해가 무섭다한다

부서진 기타를 아직 버리지 않고 있다
부서진 기타에서 제대로 된 소리는 나오지 않는다
살아있다는 것은 죽어가고 있다는 것이고, 정신이 부서진 이는
제대로 된 소리를 하기 어렵고 육체가 부서진 이가 병원에 하얀 옷을 입
고 있을 때 윤리가 부서진 이는 파란 옷을 입고 어느 하늘 아래 있다

제1의 아해가 아프다 한다
제2의 아해가 못 참겠다 한다
제3의 아해가 외국으로 갔다
제4의 아해가 골목길에서 망을 보고 있다
제5의 아해가 로또를 샀다

함께 하고 싶은 이가 가까이 있지 않다

제6의 아해가 어디 있는지 모르겠다
제7의 아해는 자기는 제6의 아해가 어디 있는지 안다며 의미심장한 미소
를 보이고 있다

누구와 함께하고 싶은지 모르겠다

무제 5

흔들리는 우리의 모습
그건 실상 저의 모습이자 자화상이었습니다

단 한 가지 확실한 것은
불확실한 것이 나의 버팀목이 되어주고
역경 속에 명작이 완성되듯
저의 단점을 전 사랑할 것이란 점입니다

저는 다시 한 번 그려보고자 합니다

당신에게 쓰여지는 나의 모습

결국 불확실하지도 확실하지도
않은 변해가는 모습

지금

지금 세상 어디선가 연기하는 사람은
나를 위한 무대를 준비 중이다
지금 세상 어디선가 걷고 있는 사람은
나에게로 오는 것이다
지금 세상 어디선가 떠나는 사람은
나를 떠나가는 것이다

소녀는 기도를 하고 있다
아무도 울지 않는다. 울지 않는다
누군가는 울어야 한다

지금 세상 어디선가 속삭이는 사람은
나를 위한 음모를 짜고 있다
별거 아니다. 단지 지금 이 순간에
결혼식도, 장례식도 일어나고 있다

고독이 끝나는 곳에서
비로소 이야기는 시작된다

파행

잃은 것은 예술이요 남은 것은 이데올로기이다 (박영희)
오늘의 이야기는 여기서 출발한다

잃은 것은 사랑이요 남은 것은 죽음이다
잃은 것은 시요 남은 것은 절름발이다

뭔가를 얻기 위해선 뭔가를 잃어야 한다, 제1의 명제 1
때론 뭔가를 잃기만 할 때도 있다, 제2의 명제 2
잃고 얻는 것이 삶의 전부이다, 제3의 명제 3

잃은 것은…

죽음의 순서

시간에서 벗어날 수도 거스를 수도 없다

시간을 거슬러 합쳐지는 지점이 바로 나뉘는 시간이다
시간의 소급, 법을 소급해서 처벌할 수 없다는 것은 헌법에 나와 있다
그러나 가끔 특별법이 만들어져 소급처벌을 한다

지나간 시간은 역사로 처리되며,
기록되지 않은 역사는 망각된다
시간은 앞으로만 가지만 우리의 의식은 이를 뒤로 돌릴 수 있으며
1차원 시간과 3차원 공간이 합쳐진 4차원 시공간에서
인간은 영혼을 태우고 있다
타버린 영혼을 갖고 나는 꿈꾼다
사라진 영혼을 나는 찾는다
타버린 영혼도 꿈꾸는 것은 잊지 않는다
의식은 부족하지만 영혼이 아름다운 것은 알며
시간은 짧지만 공간은 부족하지 않다

시공간이 일치하는 부분에서 우리는 만났다
즉, 나의 시공간과 너의 시공간이 정확한 함숫값을 낼 때
우리는 만날 수 있었다

하지만 죽음의 순서는 정해져 있다
너가 나보다 먼저 간다
하루란 시간을 걸고
저승사자와 체스게임을 벌일 때
난 너보다 더 고민했다

누가 이길지는 모르므로 사실
죽음은 확실하면서 불확실한 게 사실이다
그래도 너가 먼저 가라
나의 이 두 눈으로 너의 죽음을 정확히 지켜보겠다
정확히 목도해서 정확한 기록을 남기겠다

그리고 너의 영혼을 위해
너의 비석 위에 노오란 해바라기를 심겠다
그 위로 날고 있을 노고지리가 보인다면
아직도 꺼지지 않은 너의 열정이라 생각하겠다[20]

---

20 함형수 『해바라기의 비명』 변용

시간은 모든 것을 파괴하는가?

안개 낀 춘천

행복을 노래하던 입에서
절망이란 단어가 튀어나왔다면
지구는 숨을 죽여야 하고
고래는 덩실덩실 춤이라도 추어야 한다

피레네 산맥 이쪽의 정의가
다른 쪽에서 불의라면[21]
너의 절망이 나의 행복이라면
이야기는 원점으로 돌아가
칭찬이 고래도 춤추게 한다면[22]
절망에 고래는 눈물이라도 흘려야 한다

마그리트의 피레네성에 살고 있는
이름 모를 왕자는
우리 다 알고 있는 어린 왕자보다 더욱 고독하며
세인트 헬레나섬에서 나폴레옹을 마중한
천 년을 사는 거북이는 하늘을 훨훨 나는 새보다

---

21 파스칼의 말
22 켄 블랜차드의 책 제목

더욱 지혜로우며

지혜가 강자의 편일지라도
문학으로 패배자의 아픔을 쓰겠다던
이병주 말마따나
기록자는 존재해야 하며

천사가 죽은 자를 깨우고 패배자를 모을 때
어느 한 쪽에선 욕망의 향연이 펼쳐진다

그럴 땐 난 잠에서 깨어
한때 영원할 것 같은 젊음이 어느새 지나가 버린
시간 앞에 미소 짓고 있는 어느 어르신의 곁을 스치며
나뭇잎이 떨어지고 있는 것도 모른 채
사랑 앞에 떨고
역사를 논하며
고작 고래와의 만남을 상상할 뿐이다

선택

두 갈래 길 중에 선택

철학이냐, 종교이냐

종교를 갖는다는 것은 철학에 있어서는 자살(自殺)이란 말이 있었다

죽음을 고민하면서 철학이 생긴다

죽음을 고민하면서 신앙이 생긴다

인생에 수많은 사건이 있지만 가장 결정적인 것은 죽는다는 것이다

우리는 쉽게 다른 이를 동정하지만,

인간은 타인을 동정할 때 자신의 죽음(mortal)을 기억해야 한다

인생은 선택이다

인생에 있어 신념이 있는 자들은 강하다

그러나 특정한 신념에 매몰되지 않는 것도 분명 삶의 한 태도일 것이다

시간은 한정적이지만

나는 어느 길을 걷고 있을까

죽음이 와야 죽음을 안다

나는 아직 나의 죽음을 인식하지 못한다

언젠가 죽을 것이란 걸 알 수가 없다

'왜 사는가?'는 철학적인 질문이고

'주여 살펴주소서'는 경건한 기도이다

나에게는 질문도 필요하고, 두려움도 상존하지만

지금 나의 선택은 생각하는 것이다

생각하는 것만큼은 의심할 수 없다기에

속
필

삶에 대한 단상

~~~~~

'자살'을 거꾸로 하면 '살자'가 된다. 자살에 대한 뉴스가 끊이지 않고 있다. 연예인부터, 노부부, 청소년, 대통령까지… 사회지도층에서 가난한 이들까지…. 단 한 번뿐인 삶에서 무엇이 이들을 극단의 선택으로 몰고 갔을까? 극단은 통하는 것인데, 그들은 누구보다 더 삶을 제대로 살고 싶었던 것은 아닐까? 그들은 윤회해서 한 그루 나무가 되었을까? 저 하늘 너머 천국에 있을까? 지난 괴로움 다 잊고서….

살아있는 우리는 어디서 힘을 얻어 삶을 지탱하고 있을까? 그저 생의 본능으로 살고 있는 것인지, 욕망의 추동대로 시간을 보내는 것인지, 꿈의 좌절로 추락하는 한 마리 새인지 그것에 대해 얘기해 보고 싶다. 죽은 자를 나쁘게 말하지 말라. 그저 의지가 약해서 죽은 것이라며 뭐라 하지 마라.

누구도 누군가를 완전히 이해하는 것은 불가능하니까. 그렇다고 죽음의 공포를 극복한 용감한 이라고 칭송하고 있을 수도 없다.

인간은 유일하게 자살하는 동물이다. 한 소설가는 "인간은 유일하게 자살하는 동물인데, 아! 사람 중에 한 번이라도 자살을 생각해보지 않은 이가 있을까?"라고 탄식했다. 삶이란 원래 고단하다는 이야기이다. 프로이트는 '타나토스(죽음의 충동)'가 무의식에 도사리고 있다고 했다. 신의 창조계획에 인간의 행복이란 애초에 없었다는 정의와 함께. 자살의 원인을 밝히는 것이 인류 최후의 과제라고 명명한 것은 교통사고로 죽은『이방인』의 카뮈다.

이유야 수없이 많겠지만 우울증, 경제적 이유, 병마, 외로움 등이 원인이라고 흔히 회자된다. 세상에 좌절할 일은 많다. 그냥 그렇게 이해하고 죽은 자는 죽은 대로 산 자는 산대로 그냥 살면 그만인가. 아, 깊은 잠. 깊은 잠. 잠과 같은 죽음. 깨어나고 싶지 않은 편안함. 사는 것은 스트레스가 따르는 일이다. 내가 짊어져야 할 십자가. 그가 짊어지고 있었을 멍울 혹은 삶의 무게. 적당한 삶의 무게가 세상이라는 거센 물결을 헤치고 나가는 데 무게중심 역할을 한다고 어디서 들은 이야기를 하는 건 뒤늦은 충고이겠지.

가장 철학적인 질문은(철학에선 답보다 질문이 중요하다) 삶은 살 만한가에 대한 물음이다. 삶은 과연 살 만한 것인가? 어떻게 살아야 살 만한 것인가? 잘 먹고 잘 사는 것인가? 누군가를 돕는 것인가? 마음에 드는 이성을 만나는 것인가? 자기가 하고 싶은 일을 하는 것인가?

우린 행복하기 위해 산다. 자살을 택하는 건 삶이 괴롭기 때문이다. 죽음은 행복의 가능성도 앗아가지만 모든 고통에서도 해방시킨다. 오이디푸스의 시처럼.

그리고 우리는 점차 자살이라는 충격적인 뉴스에 면역이 되어가고 있다. 그것이 나의 주위사람에 있을 때만 큰 혼란에 빠진다. 한 명의 돌연한 죽음은 주변 사람에게 큰 상실을 준다. 그대 설사 삶이 괴롭더라도 그저 살아라. 좀 더 기다려라. 내일도 있고 내일 모레도 있는데 왜 그리 급하게 떠나는가? 희망을 가지고 기다려라. 그곳에서 버티라, 그대. 나도 여기서 버티리라. 그대와의 만남의 가능성을 가진 채.

세상에서 쉬운 일이란 없다. 딱 하나 있긴 하다. 좌절하는 일. "성공도 절대적이지 않고 실패도 치명적이지 않다. 중요한 건 계속 노력하는 것이다." 처칠의 말이다. 그리고 인생엔 리허설이 없다. 그래서 후회를 한다. 나는 오늘도 후회를 했다. 실수투성이다. 장점도 많다고 생각하지만 단점도 많다. 앞으로 더 발전할 거란 기대로 긍정적으로 살아야 하지 않을까.

대학교 때 교양강좌의 제목은 '사랑과 죽음'이었다. 아직 난 죽음도 모르고 사랑도 모른다. 부모님과 사랑하는 가족과 헤어지는 순간이 오겠지… 머지않아…. 나를 이 세상에서 가장 사랑해 주는 부모님. 나의 20대는 사랑의 실패였다. 그리고 시작된 30대. 한 사람이 신처럼 확대되는 것이 사랑이던가. 시련은 분명 우리를 강하게 한다. 그러나 극단에는 꽃이 피지 않는 법. 그러니 기도할밖에. 신이시여! 이겨낼 수 있는 시련만 주소서.

아! 아픈 곳으로 병균은 들어가기 마련이다. 그래서 우리는 절망한 자들을 보살펴야 한다. 나의 어려움도 안아줄 이도 결국 다른 사람이니. 그리고 행복은 누리고 불행은 견뎌라. '삶은 쉬운 것이 아니야. 싸워야 해. 절대 포기하지 마'라고 한 올림픽 메달리스트는 배웠다는데.

나는 지금 김광석의 노래를 듣고 있다. 김광석은 서둘러 세상을 스스로 등졌다. 삶이 세상을 속이면 노여워하고 슬퍼하라. 그래도 살아야 한다. 삶은 처절해야 하고 운명은 우리가 선택하는 것이 아니며, 당신은 사랑받기 위해 태어난 사람이니까.

'희망을 가지고 기다려라.' 『몽테크리스토 백작』에 나오는 말이다. 어느 날 라디오에서 나온 이 말이 내 가슴에 남았다. 삶은 기다림의 연속이리라. 우리 기다리자. 이상을 품에 안고. 그 꿈을 실현할 날이 반드시 올지니. 이

생이 아니라면 다음 생이라도. 다시 한 번 말하지만 세상에 있어 쉬운 일이란 없다. 도스토예프스키도 그렇게 이야기했다. 하나 있다면 좌절하는 것. 그리고 이제 다시 일어설 차례라는 것. 감사하고 고민하고 분노하며… 하나의 감정을 가진 인간으로서… '고민 없는 삶이 무슨 의미가 있을까'란 명제를 증명하기 위해서라도. 일어나, 다시 한 번 해 보는 거야, 바로 그 노래 가사처럼.

삶에 대한 방법론

~~~~~~

남을 이기는 것은 강하다. 그러나 자기 자신을 이기는 것은 더욱 강하다. 남을 아는 것은 지혜롭다. 자기 스스로를 아는 것은 더욱 현명하다.

노자의 말이다. 그런데 어떻게 하는 것이 자신을 이기는 것이고, 무엇을 아는 것이 자신을 아는 것인가? 아무도 그 점에 대해선 가르쳐 주지 않는다. 남의 일을 자기 일처럼 하지 않는 것이 세상이치라지만. 아무도 울지 않는다. 울지 않는다. 누군가는 울어야 한다. 아무도 가르쳐 주지 않는다. 네가 어디에 있는지를.

자신의 욕망을 억제하는 것이 자기를 이기는 것인가? 식욕의 억제, 수면의 억제, 성욕의 억제… 식욕을 억제하면 건강해지고, 성욕을 억제하면 도에 능통할 수 있다. 방중술. 많이 먹어 병이 난다. 또 잘 싸야 한다. 수면을 억제해 성공했다는 나폴레옹과 수험생들. 그러나 잠은 보약. 어차피 언젠가 영원히 자야할 텐데 좀 덜 자도 되지 않겠냐는 반문. 습관… 습관….

에피쿠로스, 쾌락의 학파… 왜 참아야 하는가? 스트레스까지 받으면서.

결국 인생에서 제일 중요한 건 인내력이란 것인데… 화 날 때 열까지 세기. 재미없는 세상. 못 참겠다면 어쩌란 말인가? 또 자제는 어느 선까지를 말하는가?

나를 안다는 것은 나에 대해 무엇을 안다는 것인가? 내가 살아온 날을 또렷이 기억함인가? 편집증. 내 신체의 약점과 장점, 내 성격과 적성을 아는 것을 이름인가?

과거를 잊고 미래로 나아가야 하는 이 시점에서.

무엇이 그를 불행하게 하는가? 그는 그의 불행을 타인의 행복과 바꾸고 싶지 않았다.

나를 못 이길지도 모른다. 그래도 나의 삶이다. 나를 잘 알지 못할지도 모른다. 나를 알아가는 것이 삶이다. 사는 동안 꿈도 꿀 것이다. 남을 알고 싶으면 자신을 보라! 성을 억압하면서 문명이 형성되었는지도 모른다. 그러나 문명은 가끔 파괴되어야 한다. 변화를 위해서. 건설적인 방향으로. 그 시대의 방법론으로.

나를 알았든 나를 모르든 삶은 지나간다. 이것 또한 지나가리라. 나를 설사 못 이기더라도 난 나의 삶을 살 것이다. '나'는 이겨야 하는 대상이 아니라, 타협해야 하는 대상일지도 모른다. 내가 원하는 것은 나를 아는 것이 아니고 너를 좀 더 아는 것이다. 아니 맹목적으로 좀 더 함께하고 싶다. 그러기 위해선 나를 좀 더 멋지게 바꿔야 한다. 사랑은 현실이니까.

그러나 사랑에 있어 방법론을 생각하면 일종의 배신이다. 그저 말장난인 가, 정리되지 않는 사고일 뿐인가.

세상을 바꿀 목적을 가진 수많은 혁명가들이 있었다. 체 게바라는 그래도 이름을 남긴 행운아이다. 혁명과 마르크스. 허나 세상을 바꾸기 전에 나를, 스스로를 바꿔야 한다. 세상은 꿈쩍도 안 하니까. 세상을 보는 관점, 의사는 병자의 관점으로 보고 정치가는 표심의 행방으로 보고 장사꾼은 이윤의 흐름을 본다. 그리고 철학자는 허무의 관점으로 본다.

시중 서점에 널린 자기계발서. 내가 논하는 것은 조금 다르다. 어쩌면 그것은 철학에 가깝고 삶의 시점에 가깝다. 철학의 문학화! 문학의 철학화!

행복의 비결을 아는가? 작은 것에 만족하는 것에 있겠지.

타인의 불행이 내 자신의 행복이었던가. 아! 우리를 위로하는 건 다른 사람의 아픔. 슬픔과 고통을 통해서만 인간은 구원을 받던가. 그것은 문학적인 수사.

행복은 누리고 불행은 견뎌라. 어찌 행복만이 도사리고 있으랴. 삶은 결국 거쳐 지나가야 알 수 있는 것. 삶에 대한 방법론도 복잡한 세상만큼 간단치 않으리. 자신의 삶도 제대로 못 꾸려 나가는 내가 하물며 삶의 방법론을 논하다니, 어불성설(語不成說)이다. 하지만 악마의 말에도 들어볼 만한 것이 있듯이, 내가 그동안 접했던 책들의 흔적이라고 넓게 생각해 달라. 혹시 아는가. 머지않아 삶의 달인이 될지···. 그대! 성공하길···.

삶의 방법론이라···: "왜 사냐고 물으면 그저 웃지요···." (김상용)

이 산하(山河)에서 산화(散華)한 이들에게 바침

~~~~~~~~

일 년 전 이맘때쯤 신문에 6·25 전사자 2구의 신원이 확인되었다는 보도가 있었다. 그 중 한 명이 고(故) 강태수 일병이다. 신원을 확인할 단서가 전혀 없는 상황에서 유전자 감식으로 신원을 식별한 첫 사례였다. 워싱턴 한국전쟁 참전용사 기념공원의 돌벽에는 '자유는 공짜가 아니다(Freedom is not free)'라고 적혀 있다. 어찌 자유뿐일까. 우리나라, 우리 언어, 우리의 문화, 이 모두가 공짜가 아닌 것이다. 미국이 전쟁 희생자에 대한 예우를 잘한다는 건 널리 알려진 사실이다. 유해발굴을 시작해 몇 십 년이 지난 뒤에 발굴하기도 한다. 우리나라는 좀 늦은 감이 있지만 2000년부터 한국전쟁 50주년 사업으로 유해발굴사업을 시작했다고 한다. 국가를 위해 몸을 바친 이들에 대한 최소한도의 예의가 아닐까 생각한다. 또한 국가가 이들을 기억할 때, 국가는 더 강해진다. 미국이 초강대국이 된 데에는 그런 배경도 있을 것이다.

미국 하버드대에 가보면 6·25전쟁에 참여했다가 순국한 이들을 볼 수 있게 해 놓았다는 내용을 읽은 적이 있다. 이에 비하면 우리는 너무 쉽게 잊었던 것은 아닐까? 그 수많은 작은 영웅들의 흔적을 일상생활에서 만나기가 쉽지 않으니 말이다. 현대사의 영웅 안중근의사의 유해도 그의 유언대로 고국으로 오지 못한 채 아직 머나먼 이국 뤼순에 매장되어 있는 것을 봤을 때 작은 영웅들에게까지 신경 쓸 틈이 없었을지도 모른다.

물론 그들의 애국심이 뭔가를 바랐다고 단정할 순 없다. 커다란 나라보다 자신의 가족 얼굴이 더 간절했는지도 모르는 일이다. 케네디도 국가가 무언가를 해줄 것인가보다, 여러분이 국가를 위해 뭔가를 해줄 수 있는지 생각해 보라고 말했다. 하지만 나는 그런 순간을 고대하고 염원한다. 국가는 아직 당신들을 잊지 않았다고. 기억하고 있다고. 위험을 보고 목숨을 바친 그들에게 이 후손들이 아직도 기억하고 있다고 말을 건네면 그들도 그곳에서 기뻐할 것이라 믿어 의심치 않는다.

다들 일상에 치여 여유가 없었다고 할 수도 있다. 커다란 국가 앞에 한 개인은 너무 작은 존재니까. 하지만 국가 역시 개인과 개인으로 이루어져 있기에 그들을 기억하는 일은 나라를 사랑하는 일이고, 그들의 마음에 새겨진 대한민국을 엿보는 일이다.

탈무드엔 "한 사람을 구하는 일이란 세상을 구하는 일이다"란 구절이 있다. 한 사람도 그러한데 나라를 구하기 위한 마음과 행동은 우리 모두를 구하는 일이 아니었더냐!

흔히 역사를 승자의 기록이라고 하는데, 국가가 없어지는 날 그 역사마저 없어질 것이란 생각을 가져본다. 국가, 우리나라, 우리조국엔 우리의 변하지 않는 산하(山河)가 있고 그들의 산화(散華)가 있었다. 하나의 작은 육신이 흩어지지만 빛나는 것이다. 그 모습이 꽃 같다하여 산화(散花)라고도 한다.

이 산하에서 또는 다른 곳에서 그 동안 6·25전쟁, 월남전, 독립운동 등 많은 사건이 있었다. 대한민국이란 이름을 지키기 위해, 또 한민족을 위해, 또는 좌우익의 대립 속에서 많은 희생이 있었다. 그들을 기억하는 일은 분명 그들뿐만 아니라 우리 자신을 위하는 일인 것이다. 그분들 한 명, 한 명에게 국가는 아직 당신들을 잊지 않았다고 말하는 날을 기다려 본다.

끝으로, 그 수많은 분들 중에 한 분의 이야기를 하는 것으로 마치고자 한다. 부산과 시모노세키를 연결한 관부연락선에는 1등석에서 3등석까지 있었는데, 그 배의 간판에서 유명배우를 비롯해 많은 이가 투신자살했다. 그 중 한 명인 원중신은 송병준 암살을 실패한 데 대한 울분으로 투신하였다고 한다.

낙서

~~~~~~~

- 미네르바의 올빼미는 황혼녘에야 날기 시작한다. (헤겔)

- 말할 수 없는 것에 대해선 침묵해야 한다. (비트겐슈타인)

- 이름이 꼭 프랑켄슈타인과 비슷한 비트겐슈타인에 대해서 아는 것은
  이 말 하나이다.

- 미하일은 영어식으로 읽으면 마이클이다. 즉, 마이클 고르바 초프.

- 그저 후회만 하고 있을 것인가. 부끄러워만 하고 있을 것인가.

- 인간은 장차 죽음마저 견뎌내야 하는데, 앞의 큰일보다 지나간 작은
  일에 집착하지 말자…. 그저 조금만.

- 인생은 외롭고 가난하고 고통스럽고 게다가 그마저도 짧다.

- 그러나 그건 어쩌면 축복인지도 모른다. 모든 건 신의 뜻이니까.

- 동양에서 하늘이 진리였다면 서양에선 신이 진리였다. 신의 존재는 증
  명대상이었지만 하늘을 증명할 필요는 없었다.

- 희망은 절망의 다른 빛깔이다. 쉽게 말해서 절망한 자만이 희망을 품을 수 있다. (행복한 자에게는 행복만으로 족하다.) 그런데 그 희망은 조금만 있어도 족하다.

미네르바의 부엉이는 황혼녘에야 날기 시작한다

～～～～

미네르바의 부엉이 이야기는 헤겔이 했다고 한다. 헤겔이라고 하면 마르크스로 이어지는 변증법의 유명한 철학가로 알고 있는데 그가 이 이야기를 한 데에는 배경이 있다.

그는 나폴레옹을 존경했다(고야는 싫어했지만). 그런데 나폴레옹이 자신의 조국인 프로이센을 침략했으니, 자신이 존경하는 자가 조국을 침략했다. 대략 난감해서 한 소리가 "미네르바의 부엉이는 나중에 날 것이다."

마르크스가 말했다. "지금까지의 철학은 세상을 해석하기에 급급했다. 내가 원하는 철학은 세상을 변화시키는 철학이다."

나는 세상보다 내 자신이라도 바뀌었으면 한다.

만일 시를 쓸 수 있다면 내 자신을 바꾸는 시를 써야겠다.

마르크스는 말년에 러시아 공부에 열심이었다고 한다. 노서아에서 혁명의 바람이 불었기에….

레닌도 멋진 말을 하였다. 거짓말도 자꾸 하면 진실이 된다. 그건 맞는 말이다. 뭐가 진실이고 뭐가 거짓인지 어떻게 알겠나? 언론마다 다른 주장을 하고 다들 자신이 믿는 것 외에는 보려 하지 않는 걸….

『동물농장』에는 돼지가 독재자 대장으로 나오는데 그 모델이 스탈린이다.

책에도 좋은 책, 안 좋은 책이 있듯이 지식에도 쓸모없는 지식이 있는데 내가 가진 것이 바로 그러했다.

어머니에 대한 명상

~~~~~~~~

푸른 논밭사이를 걷고 싶다. 영원히 끝나지 않을 길을 거닐고 싶다

그 길의 끝에는 어머니가 있다. 내 기억속의 환한 미소와 함께 어머니가 거기에 있다.

어머니는 나란 나무를 이곳에 남겼다. 나는 어떤 열매를 맺을까? 열매를 맺기 위해 먼저 꽃이 피어야 한다. 나는 지금 꽃을 피워야 할 시기이다.

열매 전에 꽃이 피어야 하듯, 헤어지기 위해선 먼저 만나야 한다

나는 어머니와 만나고, 이내 헤어져 버렸다. 그리움은 원동력이다. 난 어머니와 헤어진 후에야 그리움을 조금은 알 것 같다. 그리움은 나의 나무에도 내려와 있다.

꽃이 좋은 것은 열매를 맺기 때문이다. 꽃은 아름다울 뿐 아니라 달콤함의 예기이다.

사실 나도 열매에서 시작해 이렇게 서 있는 것이다. 어머니는 꽃이 피었고, 열매가 주렁주렁 열렸다. 그 열매에서 지금까지 긴 시간이 필요했을 터. 하지만 기억은 짧다.

기억은 꽃이 피는 시간만큼이나 짧다. 기억이 무한하다면 그리움이란 없을 것이다.

그리움은 닿을 수 없는 거리이기도 하다. 닿을 수 없기에 안타깝고 애틋하다. 그 그리움은 마음속에 머무는 것 같지만 뭔가를 그리게도 하고 추억하게도 한다. 엄마는 생전에 장님이 불쌍타 했고, 영원히 살면 이 생(生)이 재미없을 것이라 했다. 지금 나는 꽃을 피우기 위해 기다려야 한다. 나의 가지 어딘가에는 그리움이란 열매가 맺고 한 번은 화려하게 꽃을 피울 것이다.

어둠속의 별

~~~~~

희망은 좋은 것이다.

그런데 희망은 어려울 때 생각하는 것이다.

삶이 만족스러울 때 꿈꾸는 것은 욕심이다.

희망이란 그러니까 절망의 문턱에 있는 사람이 꾸는 것이다.

새벽 전이 가장 어둡고 폭우는 곧 멈춘다.

그리고 역경을 거꾸로 하면 경력이 되지만,

극단에서 꽃은 피지 않는다.

소설은 갈등 그리고 사람의 시련을 이겨내는 원동력이 필요하지만

지나친 어려움 속에서 어떤 문학적 피날레를 장식할 것인가.

가난은 필연적 악을 잉태한다.

가난은 물질적 가난 이외에 정신적 가난도 있다.

어쩌면 성공할지도 모른다.

그러나 반드시 죽는다. 그러면 마찬가지 아니냐.

나를 죽이지 못한 것은 나를 더욱 강하게 할 것이다.

가장 아름다운 꽃은 시련을 이겨내고 핀 꽃이다.

일명 희망의 꽃.

인생필패!

부러워하지 말고, 포기하지도 말고, 우쭐대지도 말지어다.

희망을 품자. 실패의 반대말은 포기이다.

타라스콩이나 루앙에 가기 위해선 기차를 타야 하듯

별에 가기 위해선 죽어야 한다.

나에게 별 같은 존재는 무엇인가?

희망의 빛깔은 무엇일까? 행복의 모양은 어떤 것일까?

다시 한 번 말하지만 인생은 투쟁이다.

내 인생은 나의 것이다.

나의 희망도 절망도 오롯이 나의 것이다.

뚜벅뚜벅 걸어가는 것이 선택인 것이다.

나는 위대한 나의 어머니와 아버지의 결과물이다.

개체는 소멸하지만 종족은 이어진다.

나의 후손은 이어질 것인가.

나는 이겨낼 것이다.

그것이 어떤 희망적 빛깔을 띠든.

종이에 그리면 그림, 마음에 그리면 그리움, 하늘을 가리키면 별 어딘가.

인생은 그러니까 자신의 죽음마저 견뎌야 하는 것이다. 내가 짊어진 십자가!

인간은 고통에서 신을 찾는가, 행복 속에서 찾는가!

우리가 복을 받았으니까 화 또한 받지 않겠느냐는 성경구절.

어머니에게서 잉태해서 분리되는 순간이 실낙원인데, 어렸을 적 무척이나 행복했듯 지금의 현실을 묵묵히 걸어가야 한다. 아등바등 사는 일상에 진실이 있다. 거창한 것이 아닌 스스로의 일상이 진실인 것이다. 스스로를 납득시키는 이는 행복하다. 내 자신을 납득할 수 있는가? 헛된 희망을 품고, 과거를 후회하고, 그러나 과거는 현재를 이길 수 없고, 현재는 미래를 이길 수 없기에 환상을 품고 현재라는 슬픔의 바다를 떠나나, 희망이란 이상의 산은 드높기에 오르기 쉽지 않다. 오르고 오르면 못 올라갈 것 없다지만, 시간은 늘 짧은 것이다. 시간이란 문은 늘 뒤에서 닫히기에.

밤은 별로 인해 외롭지 않다. 현실이란 밤에 별은 희망이다. 타라스콩에 가기 위해선 기차를 타야 하듯 별에 가기 위해선 죽어야 한다고 고흐는 말했지만, 우리 모두가 시궁창 속에 있어도 누군가는 별을 바라본다고 하지만, 나의 밤하늘에 함께할 별 같은 존재는 그 무엇인가? 시간이 모든 것을 파괴할지라도, 이 모든 것이 결국 지나가리란 안위도, 나에게 별을 꿈꾸게 하는 바라보게 하는 희망이란 대체 어떤 것이냐. 밤이 가면 내 별도 가고 말아, 밤이 가기 전 시인은 별을 만나러 가듯이, 나의 어머니도 밤하늘 어딘가에 별이 되었을 것이라 믿고 싶지만, 동심이 사라진 내게 그저 어머니는 밤하늘의 별만큼 멀 뿐… 어둠속에서야 빛나는 별, 아니 어둡기에 바라볼 수 있는 별, 대개 희망은 어둠속에서야 더욱 찾는 것인데, 나는 누군가에게 별이 될 수 있을까? 아이가 태어난다면, 그 아이의 별이 될까, 이제는 홀로 남으신 연로하신 아버지의 희망인가, 어둠이 오고, 다시 별이 빛나고, 별에 가는 시인처럼, 나는야 어둠속을 걸어간다. 나에게 별과 같았던 어머니란 추억을 안고.

Suggestion for one more game!

명언

영 명 언

01

We all live with the objective of being happy. Our lives are all different and yet the same. - Anne Frank

우리는 모두 행복이라는 목표를 가지고 산다. 우리 삶은 모두 다르지만 그 점에서 같다.

* 프로이트는 신의 창조계획에 인간의 행복은 애초에 없었다고 말했습니다. 우리가 바라는 행복은 언제쯤 올까요?

02

I must uphold my ideals. For perhaps the time will come when I shall be able to carry them out. -Anne Frank

나는 나의 이상을 간직해야 한다. 아마도 언젠가 그 이상들을 실현할 날이 올 테니까.

* 안네는 『안네의 일기』로 유명하죠. 그 일기장의 이름이 '키티'였던가요. 이상과 현실의 괴리…. 그렇다고 이상을 포기할 순 없죠. 체 게바라의 말처럼 "현실적으로 살되 가슴엔 이상을 품어라."

Life is a succession of lessons which must be lived to be understood.

- Helen Keller

삶은 겪어 봐야 이해되는 교훈들의 연속이다.

* 오늘 문득 그런 생각이 듭니다. 지난 것은 지난 것이라고. 당신 삶이 당신에게 가르쳐 주는 교훈은 무엇입니까?

People do not like to think. If one thinks, one must reach conclusion. Conclusions are not always pleasant. - Helen Keller

사람들은 생각하는 것을 좋아하지 않는다. 생각하면 결론에 이르게 된다. 결론이 항상 즐거운 건 아니다.

* 비관적이신가요, 낙관적이신가요? 물 반 잔의 비유가 생각이 나는군요. 어려운 상황에서의 긍정은 정말 어렵지만, 멋있는 일이죠!

When we do the best that we can, we never know what miracle is wrought in our life, or in the life of another. - Helen Keller

우리가 할 수 있는 최선을 다할 때, 이생에 또는 다음 생에 어떤 기적이 기다리고 있는지 모른다.

* 다음 생에는 무엇으로 태어나고 싶으세요?

I long to accomplish a great and noble task, but it is my chief duty to accomplish small tasks as if they were great and noble. - Helen Keller

나는 위대하고 고귀한 일을 달성하고 싶다. 그러나 우선 조그만 일을 위대한 일처럼 하는 것이 나의 의무이다.

* 위대한 일은 사소한 조그만 일들이 모여서 이루어진다.

We could never learn to be brave and patient, if there were only joy in the world. - Helen Keller

세상에 기쁨만 있다면 우리가 어찌 용기와 인내에 대해 배울 수 있을까?

* 2011년의 일본대지진 이후 한 일본 여행 작가는 인터뷰에서 이런 말을 했습니다. "고통과 슬픔을 통해서 우린 구원받는다."

No one has a right to consume happiness without producing it.

- Helen Keller

행복을 만들지 못한 자는 소비할 권리가 없다.

* 행복이란 어디 있을까? 나는 행복을 소비할 권리가 있을까?

I am only one, but still I am one. I cannot do everything, but still I can do something, and because I cannot do everything I will not refuse to do something that I can do. - Helen Keller

나는 하나지만, 나는 존재한다. 모든 일을 할 수는 없지만 뭔가 할 수 있다. 모든 일을 할 수 없기에 내가 할 수 있는 일을 사양하지 않겠다.

* 내가 할 수 없는 일을 생각할 것이 아니라 내가 할 수 있는 일을 생각하고 거기에 집중하자. 잃어버린 것들보다 지금 가지고 있는 것에 집중해야 삶은 더 빛난다.

Do not wait for the last judgment. It comes everyday. - Albert Camus

최후의 심판을 기다리지 마라. 매일 일어나고 있으니까.

* 이방인의 작가 카뮈, 소설 속 주인공 뫼르소. "신도 없고 죽음은 죽음으로 끝일 뿐… 우리는 이 세상에 던져진 이방인과 같아."

I have no idea what`s awaiting me, or what will happen when this all ends. For the moment, I know this : there are sick people and they need curing. - Albert Camus

나는 저승이 있는지, 삶 뒤에 무엇이 있는지 모른다. 지금 이 순간, 내가 아는 것은 아픈 사람들이 있고 그들은 도움이 필요하다는 것이다.

* 단 한 번뿐인 삶에서 가끔은 누군가에게 도움이 되고 싶다.

You can't create experience, you undergo it. - Albert Camus
당신은 경험을 만드는 것이 아니다. 단지, 겪을 뿐이다.

 * 지나간 시간을 경험이라 한다. 그것은 내가 만든 것인가? 맞닥뜨린 것인가!

Man is the only creature who refuses to be what he is. - Albert Camus
사람은 본성을 거스르는 유일한 피조물이다.

 * 성악설과 성선설. 인간은 정신은 위대하나 약한 존재.

It is the job of thinking people not to be on the side of the execu-
tioners. - Albert Camus
사형집행에 반대하는 것이 사고하는 사람들의 의무이다.

 * 오판의 가능성 때문에 사형에 반대하는 이들이 있다.

There are causes worth dying for, but none worth killing for.

- Albert Camus

죽음을 무릅쓸 가치는 있으나, 남을 죽일 만한 정당한 이유는 없다.

* 한 명을 죽이면 살인이지만, 100명을 죽이면 혁명가가 된다는 쓸쓸하고 비약적인 말이
있다.

You will never be happy if you continue to search for what happiness consists of. You will never live if you are looking for the meaning of life. - Albert Camus

행복이 무엇으로 구성되는지를 계속 찾는 한 행복할 수 없다. 삶의 의미를 계속 찾는다면 삶을 제대로 살 수 없다.

* 거대담론에 대한 토론… 그렇다. 행복은 추상적이다.

A goal is not always meant to be reached, it often serves simply as something to aim at. - Bruce Lee

목표가 언제나 달성될 수 있는 것은 아니다, 그것은 단지 우리에게 방향을 제시해주고는 한다.

　* 과정과 결과… 둘 다 중요하다. 우리 삶의 매 순간처럼.

Be happy, but never satisfied…. - Bruce Lee

행복하라, 그러나 만족하진 말라.

　* Good은 Best의 적이란 말도 있다. 물론 행복은 만족에 있지만.

Life is full of suffering, but it is full also of the overcoming of it.

- Helen Keller

삶은 고난으로 가득 차 있지만, 또한 고난을 극복한 일들로 가득 차 있기도 하다.

　* 삶은 고해이지만, 동전의 양면처럼 빛나는 순간은 또 얼마나 많은가!

We are all in the gutters but some of us are looking at the stars.

- Oscar Wilde

우리 모두는 시궁창 속에 있지만 그 중 누군가는 별을 바라보고 있다.

* 유행하는 노래의 가사가 하나 떠오른다. "밤하늘에 별빛보다 내게 더 아름다운 건 너의 눈빛임을…"[23]

Optimism is the faith that leads to achievement. Nothing can be done without hope and confidence.   - Helen Keller

낙관주의는 성취에 이르는 신념이다. 희망과 자신감 없이는 아무것도 이룰 수 없다.

* "희망을 가지고 기다려라." 『몬테크리스토 백작』에 나오는 말.

Everything in the world is about sex except sex. Sex is about power.

- Oscar Wilde

세상의 전부는 섹스에 관한 일이야. 섹스는 권력이다.

* 가장 오래된 직업, 창녀.

---

23 여행스케치, '진심'

Experience is merely the name men gave to their mistakes.

- Oscar Wilde

경험이란 단지 사람이 그들의 실수에 붙인 이름이다.

* 우리는 선택하지 못한 것을 아쉬워하고 체념하고 운명으로 받아들이고 지난 것은 모두
경험으로 화한다.

A friend is one who has the same enemies as you have.

- Abraham Lincoln

친구란 당신과 같은 적을 가진 이들이다.

* 아랍 6국은 서로 갈등 관계였다. 그러나, 이스라엘이란 공동의 적이 생긴 후 뭉치기 시
작했다. 이미 오래전 일이지만.

All I am, or can be, I owe to my angel mother.   - Abraham Lincoln

내 전부, 또는 나의 가능성 모두는 어머니로부터 받은 것이다.

* 어머니, 가슴 따뜻해지는 말!

As our case is new, we must think and act now. - Abraham Lincoln

이번 경우가 우리에게 새롭듯이 우리는 새롭게 생각하고 행동해야 한다.

* 새로운 시대에 새로운 사상이 필요하다.

A woman is the only thing I am afraid of that I know will not hurt me. - Abraham Lincoln

여성은 내가 두려워하는 동시에 나를 다치게 하지 않을 유일한 존재이다.

* 여성! 남자에게 있어, 숙명.

Men never do evil so completely and cheerfully as when they do it from religious conviction. - Blaise Pascal

사람은 종교적 신념에 의해서만 악한 일을 완전하고도 활기차게 할 수 있다.

* 자살, 폭탄테러… 어떤 신이 그런 것을 허락했겠는가?

You always admire what you really don't understand. - Blaise Pascal
당신은 이해하지 못하는 것을 언제나 존경한다.

 * 알 수 없는 것에 대한 경이! 세상은 더 복잡해졌다. 냉담하게 대하거나 감탄하거나. 하
   나를 선택해야 한다.

And I'll stand on the ocean until I start sinking. - Bob Dylan
그리고 나는 내가 가라앉기 전까지 바다에 서 있겠다.

 * 사람은 더러운 강물과 같다. 스스로 깨끗해지기 위해선 바다와 같은 존재가 되어야 한
   다. -『차라투스트라는 이렇게 말했다』

People seldom do what they believe in. They do what is convenient,
then repent. - Bob Dylan
사람들은 믿는 바를 행하지 않고, 편한 일을 쫓는다. 그리고 후회한다.

 * 후회 없는 삶이 어디 있으랴…. 가보지 않은 길이 더 아름다운 법인 것을.

Defeat is not defeat unless accepted as a reality in your own mind.

- Bruce Lee

당신 마음속에 패배가 현실로 자리잡을 때라야 진 것이다.

* 진 것보다 중요한 건 재기하느냐, 못 하느냐이다. Second chance가 저기 앞에 보이지 않는가.

Ideas come from everything. - Alfred Hichcock

영감은 모든 것에서 나온다.

* 고민해보자. 무엇이 나에게 기쁨을 주는지….

All thinking men are atheists. - Ernest Hemingway

사고하는 사람은 모두 불가지론자이다.

* 우리는 신이 없다고 증명할 수도, 있다고 증명할 수도 없다. (불가지론)

Every man's life ends the same way. It is only the details of how he lived and he died that distinguish one from another.   - Ernest Hemingway

모든 사람은 죽기 마련이다. 단지 어떻게 살고 죽는가가 다를 뿐이다.

But man is not made for defeat, 'he said'. A man can be destroyed but not defeated.   - Ernest Hemingway

사람은 패배하라고 만들어진 것이 아니다. '그가 전하길' 사람은 파괴될 수는 있어도 질 수는 없다.

 * 남자의 인생이 흥미를 끌 때는 그가 실패했을 때이다. 그건 그가 한계를 극복하려고 노력한 증거이기 때문이다. - 클레망스

A jug fills drop by drop.   - Buddha

항아리는 한 방울씩 찬다.

 * 산이 높은 것은 흙 하나도 양보하지 않기 때문이다. - 중국 고전

Doubt everything. Find your own light. - Buddha

모든 것을 의심하라. 자신만의 등불을 찾아라.

* 하늘은 스스로 돕는 자를 돕는다.

Life is a tragedy when seen in close up, but a comedy in long-shot.

- Charlie Chaplin

삶은 가까이서 보면 비극이지만 멀리서 보면 희극이다.

* 관점에 따라 달라 보이기에 진실은 상대적이다. 그러나 우리는 진실은 절대적인 것으로 믿기에, 모순에 빠진다.

Nothing is permanent in this wicked world, not even our troubles.

- Charlie Chaplin

이 기괴한 세상에서 영원한 것은 없다. 우리의 고통마저도.

* 시간이 최고의 치료제이던가. 아! 시간은 모든 것을 파괴하는가!

I always like walking in the rain, so no one can see me crying.

- Charlie Chaplin

나는 언제나 빗속에서 걷기를 좋아한다. 아무도 내가 우는 걸 눈치 채지 못할 테니까.

 * 눈물! 그것은 영혼의 정화!

What do you want meaning for? Life is desire, not meaning.

- Charlie Chaplin

무슨 의미를 원하는가? 삶은 의미가 아니라 욕망하는 것이다.

 * 욕망에 지고 마는 삶, 그래도 소중한 삶

Any man can make mistakes, but only an idiot persist in his error.

- Cicero

누구나 실수를 한다. 다만, 바보는 같은 실수를 반복한다.

 * 한 번의 패배로 낙오자로 낙인찍히는 사회는 희망이 없다.

A happy life consists in tranquility of mind. - Cicero

행복한 삶은 마음의 평정에서 온다.

* *"내 마음 속에 끝없는 강물이 흐르네."* (김영랑)

   마음의 평정은 언제쯤이나 올까?

   행복은 만족에 있다(Happiness consists of contentment).

If you think your teacher is tough, wait until you see a boss. He doesn't have tenure. - Bill Gates

당신의 선생님이 거칠다고 생각되면, 사장님을 만날 때까지 기다려보라. 그는 임기가 없다.

It's fine to celebrate success but it is more important to heed the lessons of failure. - Bill Gates

성공을 축하하는 것은 좋은 일이나 더 중요한 것은 실패에서 교훈을 얻는 것이다.

* 실패에서 배우지 못한다면 더 억울하지요. *"때론 실패가 낫다. 물론 그 실패를 잘 마무리 했을 때이다."* (한비자)

Your most unhappy customers are your greatest source of learning.

- Bill Gates

당신 회사 최대 불만족 고객이야말로 뭔가 배울 수 있는 기회이다.

* 자신을 좋아하는 이만 만난다면 머지않아 외톨이가 되겠지요.

A person who never made a mistake never tried anything new.

- Albert Einstein

실수를 한 번도 하지 않은 이는 새로운 일에 도전조차 하지 않은 사람이다.

* 시행착오를 겪으며 영근 행복은 오래 간다.

All religious, arts and sciences are branches of the same tree.

- Albert Einstein

모든 종교, 예술, 그리고 과학은 한 나무에서 나왔다.

* 모든 생명은 하나의 종에서 시작되었다. (진화론)
* 도교, 유교, 불교 뜻은 같으나 말하는 방식이 다르다. (중국 고전)

Knowing is not enough, we must apply. Willing is not enough, we must do. - Bruce Lee

아는 것만으론 충분치 않다. 적용해야 한다. 의지만으로 충분치 않고, 실행해야 한다.

 * 생각과 행동의 경계. 선택은 당신의 몫.

The boundaries which divide life from death are at best shadowy and vague. Who shall say where the one ends, and where the other begins? - Edgar Allan Poe

죽음과 삶을 나누는 경계는 기껏해야 모호하고 희미하다. 어디서 삶이 시작되고 끝난다고, 말할 수 있는 이 누구인가?

Man's real life is happy, chiefly because he is ever expecting that it soon will be so. - Edgar Allan Poe

사람들의 실생활은 행복하다, 왜냐하면 기대한 바가 곧 이루어질 것이기에.

 * 희망이 없다면 절망도 없다.

A lot of companies have chosen to downsize, maybe that was the right thing for them: We chose a different path. Our belief was that if we kept putting great products in front of customers, they would continue to open their wallets. - Steve Jobs

많은 회사들이 기업 축소의 길을 택했고 그것이 그들에게 맞는 선택이었을 것이다. 우리는 다른 길을 택했다. 우리가 훌륭한 상품을 계속 내놓는다면 고객들이 계속 지갑을 열 것이라 믿는다.

* 남과 다른 길을 가라!

There is nothing impossible to him who will try. - Alexander the Great

도전하는 사람에게 불가능은 없다.

* 시행과 착오. 자신이 꿈꾸던 분야에서 실패하는 것이 원치 않던 성공보다 나을 수 있다.

I'm not afraid to take a stand. Everybody come take my hand. We'll walk this road together through the storm whatever weather, cold or warm. - Eminem, 'Not afraid'

나는 맞서 서는 게 두렵지 않아. 모두 내 손을 잡고, 이 길을 태풍을 거치며 함께 걸어가자. 날씨가 좋든 나쁘든.

* 당신은 혼자가 아니야. 그리고 당신 잘못도 아니야(It's not your fault).

Remember upon the conduct of each depends the fate of all.

- Alexander the Great

각자의 행위가 모두의 운명을 결정함을 기억하라.

* 그러나 나는 사랑을 쫓는 운명론자.

I am the captain of my soul! - Nelson Mandela

나는 내 영혼의 선장.

* 우리는 각자 자신의 영혼을 이끌고 삶이란 거친 바다를 항해하고 있습니다. 중간 중간 위로가 되는 섬은 사람이죠. 고독한 섬.

A refusal of praise is a desire to be praised twice.

- Francois de la Rochefoucauld

칭찬에 대한 거절은 두 번 칭찬 받고 싶은 욕망에 불과하다.

* 우리는 겸손이란 이데올로기에 갇혀 있다.

All the passions make us commit faults; love makes us commit the most ridiculous ones. - Francois de la Rochefoucauld

모든 열정은 우리를 실수하게 만든다. 그중 사랑이 최악의 실수를 하게 만든다.

 * 사랑에 있어 바보가 되어도 좋으리.

A wise man thinks it more advantageous not to join the battle than to win. - Francois de la Rochefoucauld

현명한 사람은 전쟁에서 승리하는 것보다 안 싸우는 것이 더 이익이라고 생각한다.

 * 누구나 한 방은 있다. 그리고 꼭 싸워야 할 경우도 있으리.

Hope, deceiving as it is, serves at least to lead us to the end of our lives by an agreeable route. - Francois de la Rochefoucauld

희망은, 우리를 속이지만, 그래도 삶의 방향을 좋은 쪽으로 이끈다.

 * 희망이란 길과 같다. 길이란 원래 없었으나 많은 이들이 다니면서 길이 되었다. - 루쉰

He who conquers others is strong; he who conquers himself is mighty.

- 노자

다른 이를 이기는 이는 강하나, 자기 자신을 이기는 자는 더욱 강하다.

* 나는 나를 이겨본 적이 몇 번이던가….

Great acts are made up of small deeds. - 노자

큰일은 작은 일들로 이루어진다.

* 必作於細의 뜻.
  공자는 현실주의자, 노자는 이상주의자. 그 둘이 만났다. 2,000여 년 전에.

Practice makes perfect, but nobody's perfect, so why practice?

- Kurt Cobain

연습은 완벽을 가능하게 만든다. 하지만 누구도 완벽하진 못하다. 그럼 왜 연습하는가?

* 『누가 커트 코베인을 죽였는가』라는 소설 제목이 떠오른다. 완벽… 완벽… 완벽에의 충동! 불가능하다….

The duty of youth is to challenge corruption.   - Kurt Cobain

부패에 맞서는 것이 젊음의 의무이다.

 * 젊음이가 부패에 둔감하다면 그 사회는 희망이 없다.

I'd rather be hated for who I am, than loved for who I am not.

- Kurt Cobain

차라리 내 스스로의 모습으로 미움받을지언정, 내 모습을 포기함으로 사
랑받진 않겠다.

 * 나는 나고 너는 너다.

It's better to burn out than fade away.   - Kurt Cobain

사라지는 것보다 타 버리는 것이 낫다.

 * 인생길에 수많은 이를 만나지만, 그 얼마나 기억할까….

Never look back unless you are planning to go that way.

- Henry David Thoreau

지난날의 방식대로 일을 할 것이 아니면, 뒤돌아보지 마라.

* 얼마나 많은 시간을 후회로 보냈던가.

Rather than love, than money, than fame, give me truth.

- Henry David Thoreau

사랑, 돈, 명성보다 내게 진실을 달라.

* 사랑을 쫓고(20대) 돈을 쫓고(30대) 명성(40대)을 쫓고 진실을 찾는 이 누구인가?

What lies behind us and what lies ahead of us are tiny matters compared to what lives within us. - Henry David Thoreau

우리 앞, 뒤에 놓인 것은 우리 내면에 숨 쉬는 것보다 작은 문제이다.

* 내 자신의 내면에 무엇이 있던가.

The purpose of our lives is to be happy. - Dalai Lama
우리 삶의 목적은 행복에 있다.

 * 모든 행복의 조건을 거부하라!

If you don't love yourself you cannot love others. You will not be able to love others. - Dalai Lama
자신을 사랑하지 않는다면, 다른 이를 사랑할 순 없다. 다른 이를 사랑하지 못할 것이다.

 * 자중자애!

My religion is very simple. My relision is kindness. - Dalai Lama
내 종교는 단순하다. 그것은 친절함이다.

 * 다른 사람에게 베푸는 친절은 돈이 들지 않는다.

I find hope in the darkest of days, and focus in the brightest. I do not judge the universe. - Dalai Lama

나는 어렵던 시기에 희망을 찾고 밝은 면에 집중한다. 감히 세상을 판단치는 않는다.

* 아직 반이나 남았는가, 벌써 반이 사라졌는가? 관점을 바꿔 세상을 보는 긍정의 시각.

Remember that not getting what you want is sometimes a wonderful stroke of luck. - Dalai Lama

원하는 것을 얻지 못한 것이 때로는 기막힌 행운의 작용이란 걸 기억하라.

* 수단과 방법을 가리지 않고 원하는 것을 얻은 뒤, 그 뒤에 찾아오는 허무함을 보아라.

I believe that the very purpose of our life is to seek happiness. That is clear. Whether one believes in religion or not, whether one believes in this religion or that religion, we all are seeking something better in life. So I think, the very motion of our life is towards happiness. - Dalai Lama

나는 우리 삶의 목적이 행복을 구하는 데 있다고 믿는다. 그건 분명하다. 신앙을 갖든 안 갖든, 가지는 종교의 차이에 상관없이 우린 삶에서 뭔가 좋은 것을 찾는다. 그러므로 우리 삶의 방향은 행복으로 향한다고 생각한다.

If you want others to be happy, pratice compassion. If you want to be happy, practice compassion. - Dalai Lama

다른 이가 행복하길 바란다면 동정심(연민)을 가져라. 스스로 행복하길 원한다면 동정심(연민)을 가져라.

* 아! 인생이란 슬픈 것이다.

I accept chaos I'm not sure whether it accepts me. - Bob Dylon

나는 혼란을 받아들인다. 그런데, 혼란이 날 받아들일지는 모르겠다.

* 질서가 필요하다. 그러나 혼란 없는 질서가 숨 막히기도 한 것이다.

Behind every beautiful thing there's some kind of pain. - Bob Dylon

모든 아름다운 것 이면에는 어느 정도의 고통이 숨어있다.

* 아름다운 체조 경기를 보아라! 얼마나 힘들게 훈련했을까.

He who is not courageous enough to take risks will accomplish nothing in life. - Muhammad Ali

위험을 무릅쓸 용기가 없는 자는 삶에서 성취를 이룰 수 없다.

* 비겁과 만용의 중간이 용기일까? 삶에 당당히 맞서는 자는 모두 용기 있나니.

I hated every minute of training, but I said, 'Don't quit. Suffer now and live the rest of your life as a Champion.' - Muhammad Ali

나는 훈련의 매순간이 싫었다. 그러나 나는 '포기하지 말자, 지금 괴로워하고 나머지 삶을 챔피언으로 살자'고 다독였다.

* 위대한 도전은 실패마저 영광스럽다.

I believe that every person is born with talent. - Maya Angelou

나는 모든 사람이 재능을 가지고 태어났다고 믿는다.

* 맞다. 다만 자신의 재능이 무엇인지 아는 것은 다른 문제이다. 태어난 본성에 환경과 문화의 산물로써 이루어지는 인격 혹은 character.

History is the version of past events that people have decided to agree upon. - Napoleon Bonaparte

역사는 사람들이 동의하기로 한 과거 일들의 집합이다.

 * 역사는 강자의 편!

In order to be irreplaceable, one must always be different.
- Coco Chanel

대체불가한 사람이 되기 위해선 언제나 차별되어야 한다.

 * 자신만이 할 수 있는 일에 오래 종사하는 사람이 장인이 된다.

I believe in getting into hot water. I think it keeps you clean.

- G. K. Chesteron

나는 고난에 빠지는 것에 긍정적이다. 그것은 우리를 깨끗하게 해주니까.

 * 곤이지지자(困而知之者) : 고난을 통해 배우는 사람 - 공자

Every murderer is probably somebody's old friend. - Napoleon Bonaparte

모든 살인자는 아마도 누군가의 오랜 친구일 것이다.

* 한 명을 죽이면 살인범, 10명을 죽이면 연쇄 살인범, 수백 명을 죽이면 혁명가 내지 영
  웅, 혹은 학살자가 된다.

To the world you may be one person, but to one person you may be the world. - Heather Ortez

세상에서 당신은 한 사람에 불과하지만, 누군가에게 당신은 세상 전부이다.

* 잃어버린 딸아이를 평생 잊지 못하는 아빠가 있다. 기적이 있다면, 이럴 때 있어야 한다.

I love you, not for what you are, but for what I am when I am with you. - Roy Croft

내가 당신을 사랑하는 이유는 당신 때문이 아니라, 당신과 함께 있을 때의 내 모습 때문이다.

* 무척 외로운 20대였지만 자유로웠나.

I am not the least afraid to die. - Charles Darwin

나는 죽는 게 조금도 두렵지 않다.

 * 이 말이 '진화론'으로 유명한 다윈의 유언이던가…. 강한 부정은 강한 긍정. 죽음이 두
   렵지 않은 이 그 누가 있으랴….

I have noticed even people who claim everything is predestined and
that we can do nothing to change it, look before they cross the road.

- Stephen Hawking

나는 모든 것이 미리 운명 정해져 바꿀 수 없다고 믿는 사람들조차도, 길
을 건널 때 좌우를 살피는 것을 알게 되었다.

 * 운명이란 그런 사소한 일들이 아니라 거대한 물결이 아닐까. 체념으로 받아들이는.

The bird of paradise alights only upon the hand that does not grasp.

- John Berry

천국의 새는 잡히지 않는 곳에서 반짝일 뿐이다.

 * 저 멀리 있는 이상향! 현실은 한참 먼…. 아! 나는 나는 죽어서 파랑새 되리.